KB004420

남에게 좋은 사람보다
나에게 좋은 사람

필름

조원희(무채색) 지음

당신과 인생을 끝까지

함께할 사람은 누구인가요?

그건 분명 당신 자신입니다.

스스로를 더 챙기고
사랑하는 사람이 될 수 있기를.

좋은 인연에게만

좋은 인연으로 남을 수 있기를.

모든 것에 지치고 무너질 때
시절인연이라 지나칠 수 있기를.

행복은 내가 나를 아끼고
존중할 때 만들어집니다.

# 차례

# Part 1

# 봄

새롭게 바라보는 시간

_____

_____

# 행복

행복하다는 것에 대해 곰곰이 생각해 본 적이 있나요. 만약 누군가 저에게 진짜 행복이 뭐냐고 묻는다면, 행복은 비단 웃고 즐기는 시간에서만 탄생하는 것은 아니라고 말할 것 같습니다. 지금 내가 가지고 있는 감정을 거스르지 않고 솔직해질 수 있을 때. 비로소 온전히 나라는 사람에게 충분히 집중할 수 있는 시간을 가졌을 때. 그때가 되면 행복해질 수 있다는 생각을 합니다.

슬프다는 생각이 들면 슬프다고 표현하고, 즐겁다는 마음이 들면 즐길 수 있어야 진심으로 행복하다 말할 수 있겠지요. 한 번뿐인 지금은 더 이상 돌아오지 않고, 그때가 아니면 느낄 수 없는 감정일 테니까요.

행복은 긍정적인 의미만을, 또한 부정적인 의미만을 품고 있는 것은 아닐 겁니다. 마음속 감정에 솔직해진다면, 그게 진정으로 행복한 거라 생각한다면, 삶과 행복을 대하는 태도가 달라질 거라 믿습니다.

## 잘 살고 싶다는 마음

잘 살고 있냐, 밥은 잘 먹고 있냐, 시험은 잘 봤냐는 질문에는 항상 '잘'이라는 단어가 들어간다. 그 단어 하나 때문에 우리는 애쓰지 않아도 되는 날에도 애를 쓰며 살았고, 경쟁하지 않아도 괜찮을 일들을 애써 경쟁했다. 남들이 나보다 잘되지 않았으면 좋겠다는 어리석은 마음, 그래서 내가 더 돋보이고 싶은 마음 때문에 우린 서로에게 괜한 상처를 주고받았다.

욕심이 있다고 해서 잘할 수 있었던 걸까 생각해보면 그건 또 아니었다. 이것만큼은 정말 잘 해내고 싶은 확실한 이유가 생기기 시작했을 때, 온전히 내 의지로 인한 행동이었을 때, 우린 더 잘 해낼 수 있었고 행복할 수 있었다.

타인의 언어에 속지 않을 때, 타인의 압박에 두려워하지 않을 때, 우리는 가장 잘 살아갈 수 있었다.

## 쉽게 무너지지 않는다

살다 보면 인생이 다 무너져 내릴 것 같은 순간이 온다. 특히나 힘든 시기는 운명처럼 한꺼번에 우리에게 다가오기 마련이라, 한 번 시작되면 버틸 수 없을 정도의 고통이 밀려온다. 잘하기 위해서 오랜 시간을 썼던 것들이 자의든, 타의든 한순간의 선택으로 없던 일처럼 사라져버릴 때, 평생을 함께할 것 같던 사람과 하루 사이에 등을 돌릴 때, 기대했던 일들이 생각과는 전혀 다르게 벌어질 때, 사랑하는 사람이 다치거나 아플 때처럼.

만약 그런 순간이 지금이라거나, 앞으로 그런 순간이 온다면 당황하지 말자. 지금 이 순간이 평생 갈 거라는 생각은 절대 하지 말자. 왜 그런 일이 일어났는지, 내가 앞으로 어떻게 해야 해결될 수 있는지 너무 고민하지 말자. 어떻게 그리고 뭘 하든 지 일어날 일들은 결국 일어날 테고, 떠날 사람들 은 떠나갈 테니까. 시간이 지나면 괜찮아지는 순 간이 오니까. 모든 일이 내가 만든 결과라고 생각 하지 말자. 그건 정말 사실이 아니니까.

## 진짜 자존감

내가 가진 모난 구석도 충분히 사랑하며, 보듬어
줄 수 있는 사람이고 싶다. 어딘가 어설프고 부족
한 부분들로 가득한 미완성품 그 자체이지만, 천
천히 성장해나가는 모습을 아껴주는 사람이고 싶
다. 충분히 나답게, 나 스스로를 지켜나갈 수 있는
삶이기를. 오롯이 나의 힘으로 힘든 세상을 강하
게 버티며 살아간다는 건 세상에서 가장 멋진 일
일 테니까.

실수를 저지르는 경우가 생겨도 "그럴 수 있지"라
는 다정함을, 남들보다 느리게 가는 모습을 보여
도 "그 사람은 그 사람이고, 너는 너야"라는 따스
함을 스스로에게 건네는 사람이 되고 싶다. 타인
의 인정으로 으쓱하는 삶보단 나의 인정과 응원

으로 깊어갈 수 있는 삶이기를 바란다. '나는 누구보다 멋있는 사람이다'라는 생각보단, '조금 못나고 어리숙한 부분도 있지만, 나름대로 괜찮은 삶인 것 같다'는 마음가짐으로 씩씩하게 살아 나갈 수 있기를. 그게 진짜 자존감이라 생각하니까. 그렇게 처음부터 튼튼하지 않은 사람이더라도, 갈수록 단단해질 수 있는 사람이 되기를.

## 나만의 가치를 찾는 사람

내가 사람들에게 하고 싶은 일이 있다고 말하면 "그런 걸 해봤자 뭐 하냐", "네가 그런 걸 할 수 있겠냐"는 말을 듣기 십상이었다. 하지만 여기서 가장 중요한 건, 그런 말을 했던 사람들은 본인의 꿈조차 제대로 꿔보지 않은 사람이었다는 것, 해야 할 이유를 찾기보단 하지 않을 이유를 찾는 게 더 편했던 사람들이었다는 것이다. 하지만 이미 그 길을 직접 경험하고 똑같은 고민을 했던 사람들에게 조언을 구했을 땐 어땠을까. 그들은 내게 응원을 보내며, 도와줄 수 있는 게 있다면 언제든지 말해 달라는 사람들이 대부분이었다.

어느 한 분야에서 성공을 경험해 본 사람들은 나의 길을 추천했고 응원했다. 성공은커녕 아무런 시도조차 해보지 않은 사람들은 그 길은 별로라며, 내가 해봤다며, 도전하려는 사람이 본인을 넘어서지 못하게 끌어내리려 했다. 수많은 실패를 통해 결과를 만든 사람은 도전하는 사람을 비웃지 않았고, 중간에 포기한 사람은 너도 나처럼 될 거라며 실패를 바랐다. 하지만 결국 누구도 내가 생각한 의견이나 선택에 대해 결정을 내릴 수 없다. 그 어떤 누구도 정해지지 않은 나의 미래에 대해 예측할 수 없다. 선택을 내린 후에 책임지는 나만 있을 뿐, 시작한 후에 결과를 만들어 나가는 내가 있을 뿐이다.

그러니, 시작하고 싶은 일이 있다면 나에게 관심이 없는 사람들의 말에 귀를 막을 것. 그리고 내가 한 행동엔 온전히 책임을 질 것. 결과가 좋지 않아도 괜찮으니 경험에서 충분히 가치를 찾을 것. 때로는 대책 없는 믿음도 가지고, 대책 없는 시도도 해볼 것. 세상에 존재하는 모든 도전은 찬란할 테니까.

꽃이 아니어도
바다가 아니어도
봄이 아니어도

우리 모두 충분히 아름다운 삶이다.

## 생각을 바꾸면

지금이 만족스럽지 못하다는 건,
그만큼 잘 살아왔기 때문일 기야.

요즘 지쳤다는 느낌이 들어버린 건,
그만큼 누구와 감히 비교할 수 없을 정도로
노력해왔기 때문일 거야.

오늘 한 일에 대해 계속 생각이 난다는 건,
그게 아무리 후회되는 일이라 해도
과감히 시도했기 때문일 거야.
더 잘 해내기 위한 방법을
충분히 고민하고 있다는 뜻일 거야.

내일을 두려워하며 잠들지 못한다는 건,

나에 대해 진지하게 고민하고 있다는 뜻일 거야.
앞으로는 더 빛나는 사람이 될 거라는
증거가 생기고 있는 거야.

불필요한 생각도, 고민도 없어.
지금 우리가 하고 있는 계절의 단상들이
결국 다 나를 위한 길일 거야.

# 0순위

오늘의 나는 누군가에게 다정한 사람이었는지 생각하기보단, 내가 나에게 충분히 다정한 사람이었는지 생각해 볼 것. 하는 일이나 행동이 조금 느리다고 해서 나를 답답해하거나 야단치지 않았는지, 목표한 바를 이루지 못해 아쉬워하며 자책만 하고 있는 건 아닌지, 점점 성장하고 있는 내 모습에 무관심하지는 않았는지, 남에게 좋은 사람이었는지 생각하고 걱정하기보단, 나는 나에게 좋은 사람이었는지부터 생각해 보자는 것. 삶의 0순위에 있어야 할 사람인 나를 다른 우선순위로 미뤄두고 산 건 아닌지 생각해 볼 것.

## 나를 믿고 살아가자

누가 나에 대해서 나쁘게 말한다고 해서 내가 정말 나쁜 사람이 되는 것이 아니고, 남들이 별로라고 해서 나에게도 별로일 거라는 보장도 없다. 타인의 기준이 나의 기준이 되게 하지는 말자. 내가 좋은 일들을 하고, 내가 좋은 사람들을 만나자. 눈치 보지 말자. 내가 나를 믿고 나를 사랑하자. 내가 행복하다면 행복한 거고, 슬프고 우울하다 생각하면 정말 슬픈 게 되는 거니까.

## 역할의 차이

누군가에게 나는 굳이 없어도 되는 존재이기도 했고, 누군가에게 나는 세상에서 가장 재미없는 사람이 되기도 했고, 누군가에게 나는 그들의 시야에서 사라져야만 하는 존재가 되기도 했고, 누군가에게 나는 필요할 때만 찾게 되는 물건 같은 존재가 되기도 했으며, 누군가에게 나는 하염없이 기분 나쁜 사람으로 남기도 했다.

그리고 누군가에게 나는 없어서는 안 되는 존재가 됐으며, 누군가에게 나는 살면서 본 사람 중에 가장 재미있는 사람이 되기도 했으며, 누군가에게 나는 어딜 가든지 자랑스러운 사람이 되기도 했으며, 누군가에게 나는 사라지면 눈물을 흘릴 것 같은 존재가 되기도 했고, 누군가에게 나는 멋있거

나 존경하는 사람이 되기도 했으며, 누군가에게
나는 첫사랑이 되기도 했다.

내 역할이 이렇게나 다르다.

## 남을 미워할수록

남을 미워할수록 내가 미워진다.

남을 미워할수록 내가 갖지 못한 것을 생각하고,
나의 못난 부분을 더욱 미워하게 된다.

나를 감춘 채 잘난 부분만 찾아내려 애쓰고,
사람들에게 좋은 모습만 보이려고 경쟁하게 된다.

그러니 남을 미워한다는 건,
내 인생을 남의 기준으로 살게 된다는 것.

남의 기준으로 살아간다는 건,
결국 나를 망치는 지름길이 되는 것.

## 좋은 관계란

좋은 관계라는 건 흠집 하나 없이 완벽한 사람들끼리 만나는 게 아니라, 서로의 다른 부분마저 따스하고 다정하게 바라보는 관계이지 않을까. 예전에는 누군가를 만나면서 상대방과 내가 다른 부분이 생기면, 나를 바꾸려는 노력이나 생각보단 상대방을 바꾸려 했다. 하지만 그럴수록 주변에 있는 사람들은 나를 떠나기 마련이었고, 시간이 지나고서야 후회하게 되면서 그건 온전히 나의 이기적인 마음이라는 것을 알게 되었다.

그때는 몰랐다.

좋은 관계라는 건 완벽한 사람이 없다는 걸 온전히 인정하고, 다른 점이 생기면 한 발자국 물러설 수 있는 것. 비교하지 않고 있는 그대로를 바라볼 수 있는 것. 그렇게 좋은 영향을 주고받으면서 서로가 서로에게 기댈 수 있는 것. 꾸준히 표현하고 응원하며 사랑할 수 있는 거라는 것. 소중함은 소중한 사람을 잃고 나서야 알게 된다는 사실을.

## 그건 그냥 마음이 부족한 거야

"표현이 서툴다"는 말은 이제 믿지 않기로 했다. 정말 소중히 여기고 사랑한다면 나를 보는 눈빛에서든, 나를 대하는 말투에서든, 사소한 행동에서든 티가 나게 되는 법이니까. 사랑은 아무도 속일 수 없는 그런 거니까. 만약 상대방이 아무것도 눈치채지 못한다면, 그건 표현이 서툴러서가 아니라 마음이 부족해서인 거다.

## 있으면 괜찮은 사람이 아니라,
## 없으면 안 되는 사람

시간이 아무리 부족해도, 오늘 당장 끝마쳐야 하는 일이 있어도, 3시간 동안 버스를 타고 가야 볼 수 있는 거리라도 어떻게 해서든 보러 가는 게 사랑이야. 가지고 있는 마음을 아무리 속이려 해도 쉽게 속일 수 없는 게 사랑이야. 있는 거 없는 거 다 꺼내줘도 부족한 게 사랑이야. 있으면 괜찮은 사람이라는 생각이 사랑이 아니라, 없으면 안 되는 사람이라는 생각이 사랑인 거니까. 좋아하는 데엔 이유가 있고, 사랑하는 데엔 이유가 없는 법이니까.

## 좋은 사람을 만났을 때 나타나는 특징

좋은 사람을 만났을 때 나타나는 가장 큰 특징은, 내가 더 좋은 사람이 되기 위해 노력하는 것이지 않을까. 기분이 태도가 되지 않고, 상대방을 배려하는 말하기를 하게 되는 것, 다른 것을 틀리다고 생각하지 않는 것, 미안하다는 말을 그리 쉽게 반복하지 않는 것, 서로의 관계를 위해 부단히 노력하게 되는 것, 배우고 싶은 게 점점 많아진다는 것, 그만큼 핑계를 대서라도 함께하고 싶은 순간이 많아진다는 것.

좋아하는 사람에게 좋은 사람이 되는 것만큼 행복한 일은 없다. 누군가에게 꼭 필요한 존재가 된다는 것, 있으면 괜찮은 사람이 아니라 없으면 안되는 사람이 된다는 것, 시간이 아무리 흘러도 변

치 않는 관계로 남아있고 싶은 사람이 된다는 것,
언제든 기댈 수 있는 존재가 된다는 것, 사랑이 무
서웠던 사람이 사랑을 다시 사랑하게 되는 것만큼
특별하고 소중한 경험은 없다.

그러니 나는 우리가 사랑의 힘을 믿을 수 있기를.
사랑을 통해 잃을 것보단 얻을 것들을 바라볼 수
있기를. 어쩌면 인생에 한 번뿐일지도 모르는 지금
의 사랑에 충실할 수 있기를. 그렇게 계속해서 사
랑을 사랑하며 살아갈 수 있기를 바란다.

순간순간 사랑하고
순간순간 행복하기를.

그러한 순간들이 모여
우리 인생이 될 테니까.

## 나는 당신이 그랬으면 좋겠다

나는 당신이 고민이나 걱정이 있다면, 사람들이 어떻게 생각할까 하는 거정은 하지 말고 사랑하는 사람에겐 털어놨으면 좋겠다. 진심으로 나를 좋아하고 사랑해 주는 사람들은 어떻게 해서든 나를 도와주려 할 테니까.

힘든 일이나 슬픈 일이 있다면 서로가 서로의 쉼표가 되면 될 테니까. 관계나 사랑은 혼자 하는 게 아니니까. 주변 사람들을 생각한다는 이유로 내가 가지고 있는 우울이 누군가에게 전파되지 않을까 하는 걱정은 하지 않았으면 좋겠다. 당신 자체를 사랑하는 사람은 끝까지 곁에 남아있을 테니까.

내가 그동안 정말 많이 힘들었다고, 그러니 나를

조금은 위로해 줄 수 있냐고 당당히 말할 수 있는
사람이 되기를.

# 대단한 것을 바라지 않는 마음

때때로 나는 대단한 행복을 바랐다. 지금 하는 일보단 더 행복한 일이 있을 거라 생각했고, 지금 있는 곳보다 더 좋은 장소에 가야지만, 낮은 곳보단 높은 곳에 있어야지만 행복을 느낄 수 있다고 생각하고 행동했다. 하지만 다시 와서 생각해 보면 대단한 것들이 내 행복을 채워주지도 않았으며, 대단한 것들로 내 인생이 바뀌지도 않았다.

퇴근길에 본 따뜻한 햇살이 나를 반겨줄 때, 사랑하는 사람과 동네 카페에서 소소한 이야기를 나눌 때, 가끔가다 먹는 배달 음식이 나를 웃게 만들었다. 아침에 일어나서 이불을 개는 일, 하루에 한 장이라도 책을 읽는 행동이 내 모습을 바꿨다.

지금과 거리가 먼 대단한 것들을 바라보기보단 사소하다고 생각했던 것들에 집중할 때, 그리고 사소하다고 생각했던 것들을 사소하지 않게 바라볼 때. 그 순간, 행복이 시작되고 작은 것에서도 만족하며 살아갈 수 있었다.

행복은 정말 가까이 있고, 삶은 사소하다 생각했던 것에서 시작한다.

## 이상한 인생이겠지만

인생은 참 이상하게 흐른다. 사람들이 좋다가도 싫어지는 순간이 있었고, 사랑을 알 것 같다가도 모르는 순간이 있었고, 내가 나를 믿다가도 의심하게 될 때가 있었으니까.

그래서 결과를 알고 나니 행복해졌느냐는 질문을 받았을 때, 딱히 그런 건 아니었다. 내가 모르는 걸 알아가는 과정에서, 급하지 않게 천천히 배워가는 공부에서, 목표를 향해 나아가는 순간에서 더 큰 행복과 만족감을 느꼈다.

자만하지 않고, 따분함을 느끼지 않고 꾸준히 알아가고 싶다. 사람을, 사랑을. 내가 하는 일을 알아가는 과정을 사랑하고 싶다. 모르는 게 있어도 실

망하거나 자책하는 일보단 흥미를 느끼고 싶다. 그런 모순의 연속인 삶의 과정을 받아들이기만 한다면 우리는 멀리 가지 않아도 행복해질 수 있을 테니까.

## 모든 순간

모든 순간을 사랑하자.

삶의 방향을 잃어 방황하고 있는 순간도,
좋아하는 사람과 헤어지게 되는 순간도,
열심히 노력한 과정의 결과가 좋지 못한 순간들도,
누군가가 쉽게 건넨 말 한마디에 상처받는 날들도,

흘러가는 인생을 내버려 두자.
자연스럽게 살아가자.
억지로 행복해지려 애쓰지 말자.
좋지 못한 순간들조차
내 삶의 일부분이 될 거니까.
나쁘다는 생각보단, 좋은 경험이었다고 생각하자.

어제를 너무 후회하지 말고,

내일을 두려워하지 말자.

오늘을 살아가자.

할 일을 끝내고, 사랑하는 사람을 만나러 가자.


그렇게, 딱 그만큼만 살아가자.

## 우울의 기본값

이제는 적당한 양의 우울이나 외로움, 공허함 같은
감정들은 삶의 기본값이라고 받아들이기로 했다.
이기적인 세상, 믿을 것 하나 없는 세상에서 혼자
살아가는 건 당연히 힘들고 외로운 일인 거니까.
때로는 적당한 우울과 걱정이 내게 도움이 됐으니
까. 차라리 내 감정을 받아들이고, 그러한 순간들
을 만끽하며 살아가고 싶다. 돌이켜보면 행복한 순
간들도 많았을 테니까.

## 외로움

혼자여서 외로운 것이 아니라, 홀로 서지 못해서
외로운 것.

## 아무것도 아닌 시간은 없다

어느 순간 내 삶을 되돌아봤을 때, 내가 해온 시도들과 경험들을 한데 모아 나를 점쳤던 적이 있었다. '이건 잘했고, 저건 못했다', '이건 쓸모가 있었고, 저건 굳이 하지 않아도 될 일이었다'면서 나를 판가름 내렸다. 무엇이 됐든지 오직 빠르게 가는 것을 추구했던 내겐 쓸모 있는 일과 쓸모없는 일을 구분 짓는 건 어쩌면 당연한 일이었다.

하지만 삶을 지켰던 기준들이 시간이 흘러도 변함이 없었냐고 묻는다면 그건 전혀 아니었다. 그땐 확실하게 정답이라고 생각하며 살아왔던 일들이 지금은 오답이 되어 있었고, 이전엔 틀린 거라 생각했던 일들이 지금은 내게 꼭 맞는 일이 되어 있기도 했다.

삶이란 게 그랬다. 결국 모두 내가 처한 상황이나 환경에 따라, 내가 지금 생각하고 있는 기준과 가치관에 따라 바뀌었다. 시시각각 변하는 삶은 결국 우리는 언제나 세상에 존재하고 있다는 뜻이 되었다.

불과 몇 년 전의 나는 컴퓨터 공학과를 전공으로 코딩을 공부하며 이 길이 전부일 거라 믿으며 하루하루를 불안하게 살아왔다. 이 길이 아니면 다른 길은 없다는 생각에, 내게 맞지 않는 방향이라는 걸 알면서도 다른 사람들이 가는 길을 똑같이 걸어가기만을 반복했다. 하지만 책을 통해, 평범한 이들과는 다르게 살아가는 사람들의 모습을 통해 세상을 넓게 바라보기 시작할 수 있게 됐고, 그 순간 인생에서 정해진 길은 단 하나도 없다는 걸 확실하게 알아차릴 수 있었다.

누군가가 만약 나에게 불안과 방황으로 가득했던

대학 생활이 시간 낭비였냐고 묻는다면, 절대 그렇지 않았다고 말할 것이다. 그런 시간들을 거치지 않고 살아왔다면, 지금 내가 나를 위해, 그리고 사람들을 위해 SNS에 글을 올리는 시도조차 하지 않았을 테니까. 현재 내가 하는 모든 선택들이 적어도 인생에서 큰 후회를 남지는 않겠다는 생각, 모든 순간들은 의미가 없는 게 아니었다는 생각조차 하지 못하고 살아왔을 테니까.

아무것도 아닌 순간은 없었다. 아무것도 아닌 노력도 없었으며, 아무것도 아닌 결과도 없었다. 아무것도 아닌 인연도 없으며, 아무것도 아닌 사랑도 존재하지 않는다. 아무것도 아닌 불행은 없으며, 아무것도 아닌 행복도 없다. 아무것도 아닌 어제도 없으며, 아무것도 아닌 내일은 없다. 결국 우리의 모든 순간들은 다 이어져 있고, 아무것도 아닌 '나'라는 사람은 없었다.

지금까지 내가 쌓아온 것들이 무너지게 되더라도, 내게 의미 있는 결과로 이어지지 않더라도 꼭 기억하자. 내가 한 행동들은 결국 다 돌아올 거라고. 지금의 행동은 점이 되고, 그런 점들이 쌓이고 쌓여 선이 만들어질 거라고.

## 빛나는 존재

좋아하는 가수의 노래를 들을 때면 문득 사색에 잠기는 순간이 있다. 이 노래가 어떻게 만들어졌고, 어떻게 세상에 나오게 됐고, 나라는 사람에게까지 닿게 됐는지. 노래를 빛내기 위해 보이지 않는 곳에서 얼마나 많은 사람들의 노력이 들어갔을지를 생각하며, 인간의 존재에 대한 고찰도 다시금 하게 된다.

생각해 보면 세상에 쓸모없는 일도, 사람도 없다. 우리가 하는 모든 일들은 전부 의미가 담겨있는 것들이었다. 지금까지 해왔던 것들 중 하나라도 빠진다면 인생의 중심이 흔들릴지도 모른다. 그렇게 세상은 보이는 것보다 보이지 않은 게 더 많았고, 드러나지 않은 것들은 그저 잘 보이지 않는 곳에 있었기 때문에 그렇게 생각될 뿐이었다.

그러니 만약 지금 어딘가에서 빛나고 있지 않다고
해서 나를 너무 가엾게 생각하거나 쓸모없다고 여
기지는 않기를. 누군가에게 보이지 않는다고 해서
나의 가치가 사라지는 건 아니니까.

우리는 모두 각자의 빛을 내고 있는 중이다.

# Part 2

# 여름

## 용기를 가질 시간

_____

_____

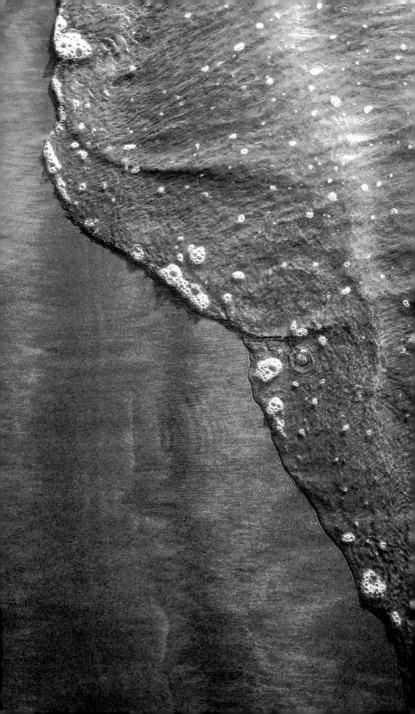

## 오늘의 다짐

누군가가 내게 아무리 늦었다고 말해도 지금이 가장 빠른 시간일 거야. 내가 나에 대해 생각해 봐도 이건 정말 늦었다 싶을 때도 지금이 최선일 거야. 어제와 내일은 되돌릴 수 없고 오늘만이 내가 선택할 수 있는 길일 테니까. 늦었다고 생각하지 말고 딱 오늘만. 겁이 나도 눈 꼭 감고 딱 한 번만 해 보자.

## 그럼에도 불구하고

'그럼에도 불구하고'라는 말을 사랑한다.

인생은 마음처럼 되는 일 하나 없지만,
넓은 세상에 혼자 남겨진 기분이 들 때가 많고
내 몸 하나 챙기기 어려운 날들로 가득하지만,

그럼에도 불구하고
꾸역꾸역 버텨내는 내가 조금 대단해서.

내일은 더 좋아질 거라며,
부단히 노력하고 사는 내가 가끔씩은 대견해서.

정말 곧 좋아질 것 같은 생각이 자꾸만 들어서.

## 변화의 시작

대학에서 갑자기 넓어진 인간관계에 지치고 괴로웠다. 인생을 살아간다는 것 자체에서 무기력함을 느끼기 시작했다. 결국 우울증 아닌 우울증으로 2년 동안 집 밖을 제대로 나가지 못하며 내가 얻은 교훈은, 환경이 바뀌어야 삶을 바꿀 수 있다는 것이었다. 그동안 전혀 깨닫지 못했다. '가만히 있으면 뭐라도 바뀌겠지'라는 생각으로 이불 속에서 버텼던 날들이 대부분이었으니까. 하지만 어느 날, 더 이상은 안 되겠다는 생각과 살기 위한 발버둥으로, 억지로라도 집 밖으로 나가고 사람들을 만나기 시작하면서 내 삶은 조금씩 바뀔 수 있었다.

대학에서 얻은 상처와 우울에서 벗어나기 위해 군대에 입대하기도 했고, 평생 해보지도 않은 고깃집

알바를 시작하기도 했던 나는 1년 사이에 완전히 다른 사람이 될 수 있었다. 내가 잘 알지 못했던 세상은 예상과는 달리 밝은 세상이었고, 나를 따스하게 반겨주었다. 단지 나의 고정관념과 편견, 상처 하나만으로 혼자 또 다른 상처를 만들었을 뿐이었다. 세상과 나는 내가 어떻게 사느냐에 따라, 어디에서 누군가를 만나느냐에 따라 달라질 수 있는 것이었다.

만약 달라지고 싶다면, 지금까지 해보지 않은 일을 기꺼이 해볼 용기가 있어야 한다. 익숙한 곳에서 멀어져야 내가 진심으로 가고 싶은 곳에 닿게 되니까. 평생 동안 살아온 삶과는 다른 삶을 살아가고 싶다면, 때로는 나를 내려두고 철저히 노력하는 삶이기를 바란다. 그렇게 변화는 점차 시작된다. 나도 했으니, 당신도 할 수 있다는 용기를 얻을 수 있기를.

## 한 발자국

군대를 전역한 이후, 북한산으로 혼자 등산을 하러 간 적이 있었다. 처음에는 별거 없겠거니 하면서 풍경을 구경하고 사진도 찍으면서 쉬엄쉬엄 산을 올랐다. 그렇게 잘 올라가다가 1시간이 채 지나지 않고 나서부터 갑작스럽게 난관에 봉착하기 시작했다. 정상을 가기 전 마지막 코스에는 돌로 된 절벽이 있었는데, 그 부분만 넘어가면 끝이었지만 심한 고소공포증이 있는 나로서는 도저히 한 번에 지나갈 수가 없는 곳이었다. 산은 혼자 왔고, 내 주변에 함께 오르는 사람은 없었으니, 만약 저기 아래로 떨어진다면 아무래도 살아남을 수는 없을 거라는 오만가지 생각이 들었다.

우물쭈물하고 있던 시간이 지나고, 뒤에서 나를

따라오던 아저씨 한 분이 한 치의 망설임 없이 내가 건너지 못한 곳을 건너가며 이렇게 말씀하셨다.

"멀리 있는 곳은 절대 쳐다보지 말고, 지금 본인 발만 쳐다보고 가요. 생각이 많으면 아무것도 못 해요. 거기 앞에 있는 밧줄을 꽉 잡으면 괜찮으니까, 천천히 내디뎌 봐요."

그 말을 듣고 나서부터 없던 자신감이 샘솟았고, 내가 지금 가야 할 한 걸음만 바라보며 조금씩 발을 내딛기 시작하면서 결국 아저씨와 함께 정상에 도착할 수 있었다. 그분이 건넨 한마디가 없었더라면 나는 영영 정상을 찍지 못하고 내려가야 했을 것이다.

생각해 보면 내 삶에도 그런 비슷한 경험들이 많았다. 당장 발을 내디뎌야 할 곳을 바라보지 않고 멀리 있는 곳만 바라봤다. 일어나지도 않은 일을 이미 일어난 것처럼 불안해했고, 오늘 해야 할 일에 집중하지 못하고 내일을 걱정했다. 많이 생각하지 않아도 결국 다 해낼 수 있었을 텐데, 힘들면 나를 지탱해 줄 수 있는 것들로 잠시 쉬어가도 될 텐데도 나는 그렇게 살아왔던 것이다.

정상에 닿기 전 절벽을 보며 두려움을 느끼는 것처럼, 우리가 끝없이 걱정하고 일어나지 않은 일에 대한 경우의 수를 따져보는 건 나의 가능성을 지나치게 갉아먹는 일이다. 그냥 한 걸음, 한 발자국씩만 가보면서 생각해 보는 수밖에 없다. 내가 가는 길이 괜찮은 길인지, 아니면 나랑은 안 맞는 길인지, 내가 해낼 수 없는 일인 건지.

그러니 내디뎌 봐야 한다. 정말 내디뎌 봐야 알 수 있다.

## 모순의 연속

생각해 보면 나의 하루하루는 '네가 해낼 수 있을 까'라는 불안과 희망으로 가득한 모순의 연속이었고, '나는 아무것도 해낼 수 없다'는 절망과 실패의 연속이었다. 하지만 신기하게 그럼에도 불구하고 시간이 지나면 결국 이기는 건 내가 쌓아온 꾸준함이었고, 무엇이든 해낼 줄 아는 사람도 나였다. 그렇게 꾸준한 하루하루가 쌓이고 쌓여 결국 최종적으로 내 삶을 만들었다.

그렇게 하나씩 인생의 결과물들을 만들며 살아가다 보니, 삶은 원래 모순적인 거라고 받아들이기로 했다. 내가 좋아지다가도 싫어지는 것, 나를 믿다가도 의심하게 되는 건 당연한 거라고. 삶은 나와 모순된 것들 사이에서 철저히 균형을 찾아나가는 것이라는 사실을 받아들이기로 하는 순간, 내 삶은 단순해지기 시작했다. 아는 것보단 모르는 것들이 더 많은 게 당연하다 생각하는 순간, 인생의 답은 결코 쉽게 알아차릴 수 없다는 걸 인정하는 순간, 내 삶은 조금씩 행복해지기 시작했다.

방황하고 있다는 느낌이 들면 인생은 원래 모순적인 거라고 되뇔 수 있기를. 나를 믿다가도 하루아침에 그 생각이 바뀔 수 있다는 걸 인정해 주기를. 인생의 모순을 인정하는 순간, 쉽게 동요되지 않고 평화롭게 살아갈 수 있을 테니.

## 의미 없는 경험은 없다

2년 전엔 백패킹이라는 걸 즐겨 했다. 그때는 야간 편의점 아르바이트를 하고 있던 터라, 백패킹을 하고 나서 집에 돌아와 저녁까지 버틴 후에 또다시 알바를 가기도 했다. 물론 힘든 순간도 있었지만 내가 선택한 경험이기에 전혀 후회는 없었다. 한여름에 혼자 18kg이나 되는 배낭을 메고 산을 올라가 아무도 없는 정상에서 잠을 자기도 했고, 어느 날엔 피자 한 판을 사 들고 올라가 정상에서 다른 사람들과 함께 이야기하며 피자를 나눠 먹기도 했고, 때로는 한겨울에 텐트 대신 패딩 하나만 입고 자기도 했는데, 그런 추억들은 몇 년이 지나도 여전히 새록새록 기억이 난다.

누군가는 나의 이런 행동을 보고 무모하다 말할지

도 모른다. 또 누군가는 그런 경험을 통해 얻은 게 뭐가 있냐고 물어볼지도 모른다. 내가 조금이라도 깨달을 수 있었던 건, 지금이 아니면 하지 못할 것 같은 일은 당장 시작해 보는 게 좋다는 것.

예전의 난 왜 그렇게 무모할 정도의 행동을 하고 다녔나 생각해 보면, 그때가 아니면 하지 못할 경험이라는 생각이 들었기 때문이다. 하고 싶은 일은 해야 하는 성격도 한몫을 했지만, 결국 모든 순간들이 마지막일 수도 있다고 생각했기에. 바로 행동하지 않으면 지금 이 순간만큼의 벅찬 감동을 느낄 수 없다고 생각했기 때문이었다.

지금 당장 가슴 뛰는 일이 머릿속에 있음에도 불구하고 하지 않는다면, 그건 어쩌면 자연의 섭리를 거스르는 일과 마찬가지지 않을까. 비록 얻을 수 있는 게 없다고 할지라도 그게 과연 의미가 없는 일일까. 그렇지 않은 것 같다. 만약 누군가 내게 무언가 생각해놓은 일이 있는데 이걸 정말 해도 될지, 하지 말아야 할지 물어본다면 그렇게 대답할 거다.

지금이 아니면 할 수 없을 것 같다는 생각이 문득 든다면, 지금 하지 않으면 지금의 감정을 느낄 수 없을 것 같다는 느낌이 든다면, 당장 시작해 보는 것이 최선의 방법일지도 모른다고.

하고 싶을 때 하지 않으면,
할 수 있을 때가 와도 하지 못할 거라고.

그냥 시작해 보는 거야.

## 성과보단 성취를 위한 삶

시간이 갈수록 세상은 눈에 보이지 않는 노력이
나 실패보단 눈에 보이는 화려한 모습과 돈에만
치우쳐 돌아가고 있다. 과정이 있기에 결과가 있
다는 걸 간과한 채로, 누구나 빠르게 돈을 많이
벌 수 있다는 방법이 있다고 말한다. 일부는 생각
이나 이유 없이 따라 하기도 한다. 때로는 나도 그
런 생각을 한 적이 있다. 눈으로 직접 보이는 성적
과 결과적인 수치가 세상에서 가장 중요한 거라
고. 하지만 시야를 넓게 바라보려 노력하기 시작
하는 순간, 세상은 그게 전부가 아니라는 걸 확실
히 깨달을 수 있었다. 물론 돈과 겉모습의 중요성
을 무시할 수는 없겠지만, 그것보다 더 중요한 게
있다는 걸.

남의 길을 따라가는 것보단 나만의 주체적인 삶을 살아가는 것이 더 중요하다. 단기적인 목표나 결과보단 장기적인 행복이 더 중요하다. 결국 우리는 실패를 통해서 배우는 것이 더 많을 것이고, 앞으로 더욱 많은 경험을 해나갈 테니까. 눈에 보이는 것보단 눈에 보이지 않는 무던함과 꾸준함이 더 중요하다는 걸 알아갈 테니까.

좁은 시야로 세상을 바라보기보단 넓은 시야를 가지고 살아가기를. 누구나 할 수 있는 것보단 나만 할 수 있는 일을 찾아볼 수 있기를. 성과를 위한 삶보단 성취를 위한 삶을 살아가기를. 숫자만이 내 삶의 전부를 보여주고 증명해 주는 건 아니니까.

## 나만의 작은 약속

무기력해지는 날에는 나 자신과의 약속을 작게라
도 만들어 놓는 편이다. 아침에 일어나서 이불 정
리하기, 하루에 책 10분 이상 읽고 생각 정리하기,
새벽 2시 전에 취침하기 등. 신기하게도 나와의 약
속을 하나씩 만들고 지켜나갈 때마다 드는 감정은
귀찮다거나 지루하다거나 하는 시시한 느낌이 아
니었다. '나도 무언가를 이뤄낼 수 있는 사람이구
나', '이번에는 이런 것들을 해봤으니까 다음번에
는 뭘 해볼까?' 하는 생각뿐이었다. 이렇듯 내가
정해놓은 목표나 계획을 해결해 나가면서 부정적
인 감정은 점차 사라질 수 있었다.

신기했다. 누군가는 거들떠보지 않을 작은 행동일
지라도 나에게는 최고의 성취감을 불러일으킬 수

있는 자극제라는 게 참 웃기기도 했다.

삶이 조금씩 울렁이는 느낌이 든다면 본인과의 작은 약속을 만들었으면 좋겠다. 예를 들어 하루에 3분 정도 산책하기라든지, 잠들기 전엔 휴대전화를 5분만 만지기라든지, 앞에서 말한 것처럼 사소한 것들이어도 괜찮으니 말이다. 자신감과 자존감은 대단한 게 아니라 '나도 할 수 있구나' 하는 조그만 성취감에서 나오는 게 대부분이니. 힘들고 우울한 감정이 들 때가 온다면 나와의 약속을 하자.

## 하루의 힘

불과 4년 전, 이렇게 사는 것보단 차라리 죽는 게 나을 것 같다는 생각을 한 적이 있었다. 하고 싶은 일은 없고, 하기 싫은 일만 있었기에. 주변에 남아 있는 사람은 아무도 없었기에. 하지만 결국 죽지는 못했다. 아직까지 한 번도 경험해 보지 못한 것이 너무나 많았고, 행복이란 걸 제대로 느껴본 적이 없었기 때문에. 내가 이대로 죽어버리면 가족에게는 얼마나 큰 민폐이고 고통일지 알았기 때문이었다.

차라리 죽는 게 나을 것 같다는 생각이 들 때마다 내가 한 건 오직 하루를 더 살아내는 것. 대단한 꿈을 품거나, 대단한 노력을 하는 것이 아니라, 밖으로 한 번이라도 더 나가서 사람들과 함께 살고 있다는 느낌을 받는 것뿐이었다. 그렇게 하루만 더, 하루만 더 하다 보니, 지금의 나로 살아갈 수 있게 되었다.

삶이 힘들고 지칠 때마다, 살아갈 이유가 없다고 느껴질 때마다, 내가 나를 봤을 때 아무런 가치가 없다고 느껴질 때마다, 딱 하루만 더, 하루만 더 살아보자. 거창한 목표를 세우기보다 지금 하루만 더 삶을 살아내는 것에 집중하자.

그 하루의 힘을 믿는다. 그 하루를 살아내는 사람을 응원한다. 결국 조금씩 바뀔 수 있을 거라는 걸 믿는다. 나도, 당신도, 우리도 충분히 해낼 수 있다는 걸 믿는다.

## 가끔씩은 단순하게

계획을 하면 할수록, 기다리면 기다릴수록, 생각
은 많으면 많을수록 내게 좋은 결과를 가져다줄
거라는 고정관념을 가졌던 적이 있었다. 어떤 일을
시작해 보기도 전에 더 좋은 선택을 하기 위해 잠
시 미뤄두고 다른 일을 했고, 시간이 조금만 더 지
나면 더 괜찮은 것들이 눈앞에 나타날 거라며 나
를 가둬두기도 했다. 제대로 된 계획을 세우지 않
으면 그 어떤 간단한 일도 시작하지 못했다. 그렇
게 나는 좋은 게 좋은 거라며, 지금 충분히 잘하고
있는 거라며 근거 없는 자신감을 가지고 살아가기
도 했다.

하지만 조금 더 효율적인 방법이 있다고 믿던 시간
은 흘러갔고, 선택의 기회는 곧장 사라지기 마련이

었다. 시작하기도 전에 미래를 짐작했던 나는 항상 뒤처지는 사람이 되고 있었고, 그러면서도 더 최악이었던 건 좋지 않은 선택을 했다는 걸 알고 있음에도 불구하고 나는 충분히 잘 버텨낸 사람이라고 또다시 위로를 했다는 것이었다. 그렇게 수많은 기회를 져버리는 실수를 하고 나서부터는 완벽함을 추구하기보단 시작하고 나서 방향을 바꾸기로 했다. 일단 일을 저질러놓고 나서는 책임을 회피할 수 없기에, 강제적인 환경을 만들면서 해내기 위한 방법을 찾게 되었고 결국 선택을 미루는 습관이 부질없다는 걸 알게 되었다.

무언가를 시작하기 위해 완벽한 때는 없다. 물론 앞으로 계속해서 더 좋은 것들이 만들어지며, 좋은 기회가 생기겠지만 최고의 선택은 지금뿐이다. 우리가 해야 할 것은 빠르게 시작하고 빠르게 실패해 보는 것, 이건 내 길이 맞는지 아닌지 우선적으로 판단을 내려 보는 것이다. 작은 것부터 차근

차근, 쉬운 일부터 조금씩 늘리며 형태를 만들어 나가면 결국 우리가 원하는 것에 더 빠르게 다다를 수 있다.

## 당신은 누구를 위한 삶을 살아가고 있나요

나쁜 사람이 되기 싫어 별로인 관계에 감정을 낭비하며 유지하는 건 도대체 누구를 위한 관계인가요. 건강이나 규칙적인 습관을 위한 운동이 아닌, 사람들에게 잘 보이기 위해 몸매를 가꾸는 건 도대체 누구를 위한 운동인가요. 행복하지도 않은데 행복하다 말하며, 사실은 행복한데 행복하지 않다고 말하는 건 도대체 누구를 위한 행복인가요. 명확한 이유도 없이 미래를 위해 돈과 시간을 아낀다면 그건 도대체 무엇을 위한 투자인가요. 누군가가 하지 말라거나 추천하지 않는다는 말을 듣고 직접 해보지도 않고 포기한다면 그건 다 도대체 누구를 위한 삶인가요.

# 나를 비추는 거울

한때는 타인의 마음을 어떻게 해서든 알아내려고 했던 적이 있다. 궁금증이라는 이름의 욕심에 집착을 더해 사람들을 괴롭히기도 했고, 타인의 생각에 대한 궁금증이 풀리지 않으면 답답하다는 감정을 직접적으로 표현하기도 했다. 나에 대해 어떻게 생각하는지 알지 못하면 얼굴이 붉어질 정도로 불안했다.

갈등이 생겼을 때, 둘 사이의 침묵을 한시도 견디지 못해 상대방이 원치 않는 질문을 억지로 만들어냈다. 그럼에도 불구하고 내가 원하는 결과나 해결책이 나오지 않을 때는 버럭 화를 내며 서로의 관계를 더욱 망치기도 했다. 하지만 타인의 생각을 알아내려 한다고 해서 내 마음대로 되는 건 하나도 없었다. 오히려 주변 사람들은 나에게 신뢰를 잃어버렸을 뿐. 내가 타인을 소중하게 대하지 않으니 타인도 나를 소중하게 대하지 않는 악순환이었다.

누구에게나 타인의 생각을 알아내고 싶은 순간이 있다. 때로는 나처럼 궁금증 때문에 타인과 멀어지는 경우가 생기기도 한다. 하지만 마음의 문은 억지로 열어보려 할수록 굳게 닫힌다는 것을 알아야 한다. 상대방이 나에게 모든 것을 털어놔야 하는 이유도, 나도 타인에게 속마음을 모두 털어놓을 이유는 없으니 답답해하는 마음은 이기적인 마음일 뿐이다.

관계에서 가장 중요한 건 다름 아닌 '나'다. 내가 타인을 어떻게 대하느냐에 따라 나에 대한 타인의 인식도, 마음을 여는 정도도 달라질 수밖에 없다. 관계를 생각했을 때 불만이 있거나 불안하다면,

남이 아닌 나를 돌아볼 필요가 있다. 깊이 사랑하고 있는 관계라면 더더욱. 관계는 나를 비추는 거울이니까.

## 간단한 사실

남에게서 이유를 찾으면 불행해진다.
반대로 나에게서 이유를 찾으면 삶이 행복해진다.

그 사람이 나에게 왜 그런 말을 했는지,
왜 그렇게 행동하는 건지 생각할수록
내 인생이 아닌 남의 인생을 대신 살아주게 된다.

남에게 관심을 가지면 불행해진다.
반대로 나에게 관심을 가지면 행복해진다.

세상에서 가장 간단하고도 뻔한 사실.
하지만 모순적이게도 평생을 알아가도
모르는 사실이기도 한 것.

## 개인의 행복

막연히 행복하고 싶다는 생각은 했지만 뭘 해야 행복한 건지, 그리고 어떻게 살아야 행복한 건지, 왜 행복을 원하는 건지에 대해 제대로 고민해 본 적이 없었다. 그저 하루하루를 살아갈 뿐이었다. 이제 와서 나만의 행복에 대해 진지하게 고민하고 나서 드는 생각은, 나는 많은 사람들과 함께하는 것보단 한 사람과 있을 때 더 행복감을 느낀다는 것. 누군가와 연락을 하며 감정을 교류하기보단 나만의 세계에 집중할 때 삶의 이유를 찾고 행복을 느낀다는 것. 하기 싫은 일을 버텨가며 돈을 버는 삶보단 비교적 적더라도 더 큰 만족감을 느낄 수 있는 일을 해야 행복을 느낀다는 것. 저렴한 물건을 살 때도 빠르게 장바구니에 담는 것보단 이것저것 하나하나 신중하게 골라 가며 장바구니에 담는 게 가장 큰 행복이라는 것이었다.

행복의 의미는 저마다 다르다. 누군가는 나와 반대로 남들과 함께하는 시간을 보내는 것에 더 초점이 맞춰져 있을 것이고, 누군가는 활동적인 것들이 취향과 취미에 더 맞을 수도 있고, 누군가는 집에서 하루 종일 누워있는 순간이 최고의 행복이될 수 있다.

다들 나만의 의미를 찾아가는 사람이었으면 좋겠다. 타인의 화려한 삶을 모방하지 않고, 나만의 행복에 대해 사색해 볼 수 있는 사람이기를 바란다. 그게 가장 이상적인 행복의 모습일 거라 생각하니까. 누구도 내 행복을 대신해 줄 사람은 없다.

잠깐의 슬픔이
내 소중한 하루를
망치게 두지 않기를.

시간이 지나면
사라져버릴 것들에
많은 힘을 쓰고
살아가지는 않기를.

## 마음이 가는 방향

내 인생이 가장 불안하고 불행하다고 느꼈던 순간
은, 집에서 은둔생활을 하며 2년간의 시간을 흘려
보내며 살았던 것도, 4평도 채 되지 않는 고시원에
서 삼시 세끼를 라면으로 때우며 살아간 것도 아
니었다. 내가 정말 별로라고 느껴졌을 때, 인생이
뭔가 잘못되고 있다는 걸 느낀 순간은 다름 아닌
내가 진심으로 하고 싶은 일, 살아가고 싶은 삶이
무엇인지 알면서도 현실에 맞춰서 살아갈 때, 남
들이 가는 길이 안정적이라는 이유 하나로 생각 없
이 따라갔던 순간이었다.

원래 사람이란 게, 마음에서 진심으로 우러나온
행동이 아니라면 다 티가 나지 않던가. 거울 속에
남아있는 초라한 내 모습을 보고 나서부터 이제는

달라지기로 결심했다. 남들은 하지만 나한테는 맞지 않는 삶의 방식보단 다른 경험을 늘려가며 인생을 공부해 보자고. 사람들을 불러 모으거나 찾아다니기보단 혼자만의 시간에 더 집중해 보자고. 그게 내가 할 수 있는 최선이기도, 원래부터 원했던 길이기도 히니까.

그렇게 마음을 먹은 뒤, 내 삶은 도전하는 삶으로 점점 변화할 수 있었다. 하나하나씩 하고 싶은 일을 도전하고 실패하는 삶을 반복하기 시작하면서, 시간을 내서라도 해야 할 일과 굳이 하지 않아도 될 일들을 구분할 수 있게 되는 주체적인 삶을 살아갈 수 있었다.

삶은 결국 마음과 행동의 방향이 일치해야 행복할 수 있다고 굳게 믿는다. 결국 내가 가진 생각이나 믿음, 가치관에 맞는 길을 가야 행복할 수 있다. 그게 비록 실패로 이어질지라도. 모든 경험은 무엇과도 맞바꿀 수 없는 나만의 과정이자 성장일 테니까.

남들이 뭐라 하든, 더 좋은 길이나 방법이 있든 간에 내가 지금 바라보는 터널을 먼저 들어가 보고 싶다. 결국 내가 하는 선택의 끝엔 행복이 있을 거라 굳게 믿고 있으니까. 무슨 길을 가든, 어떻게 가든 내가 가는 길이 곧 행복일 거라 믿으니까.

## 당신에게 보내는 편지

삶을 조금은 더 여유롭게 살자. 마음의 여유를 가지며 나를 바라보도록 하자. 눈치 보지 말자. 하고 싶은 일을 더 많이 하며 살아가자. 몸도 마음도 피곤할 땐 지체하지 말고, 걱정하지 말고 일단 떠나자. 자연 속 풍경을 바라보자. 더 넓은 세상을 마주하자. 항상 감사하며 살아가자. 각자에게 주어진 환경을 만족하되, 현실에 안주하지 말자. 지지부진한 일상에 활력을 불어넣을 수 있는 것들을 하자. 실수해도 괜찮고, 좌절해도 괜찮으니까. 우리에겐 항상 다음이 있으니까. 시간을 흘려보내기보단 내가 하는 일에 자부심을 가지자. 좋은 사람들과 시간을 보내는 일에 힘쓰자. 제철인 음식을 더 많이 먹자. 꾸준한 사랑을 하며 살아가자.

## 진심을 진심으로

인생이 한꺼번에 무너져버린 것 같았을 때, 겉으로는 힘내라고 말하지만 관심조차 느껴지지 않는 사람들 때문에 더욱 힘들었다. 사실 알고 보니 나만 좋은 사이라고 여긴 관계에서 들은 알맹이 없는 말들은 오래도록 상처였다.

그때부터 누군가가 나에게 진심 어린 말과 마음을 건네면 그게 누가 됐든 의심부터 하기 마련이었다. 낮아진 자존감에 '고마워', '괜찮아', '좋아해', '사랑해'라는 말이 내용 없는 껍데기로 느껴질 때도 있었고, 내게는 그리 쉽게 와닿지 않는 표현이었다. 하지만 이제는 안다. 나에게 진심으로 다가와 주는 사람과, 나에게 필요한 목적만을 위해 다가오는 사람에게는 분명한 차이가 있다는 걸. 나도 누군가에게 진심 어린 말과 마음을 건넸을 때의 감정을 느끼게 되었으니까. 진심을 표현하는 일이 전혀 쉬운 일이 아니라는 걸 깨달았으니까. 그러한 감정들을 느낀 후로는 사람들을 더 이상 쉽게 의심하거나 막지 않게 됐다. 이젠 그 사람들의 노력을 더 이상 무심하게 바라보고 싶지 않다. 부끄러운 마음만 남긴 채 돌려보내고 싶지 않다. 진심은 진심으로 받아들일 수 있는 사람이 되고 싶다.

인생에서 짧게 스쳐 지나가는 사람들의 말들 때문에 내가 좋아하는 사람들의 마음까지 오해하고 싶지 않다.

## 사랑하며 산다는 것

싸울 땐 밉다가도 시간이 되면 밥은 잘 챙겨 먹었
는지 물어보는 것, 거창한 선물보단 정성 어린 편
지에 더 감동 받는 것, 어딜 가서 뭘 하든지 그 사
람이 먼저 생각난다는 것, 외적으로나 내적으로
더 좋은 사람이 되기 위해서 노력하는 것, 평생을
가지고 살아가던 본래의 성격은 잠시 내려놓고 서
로에게 맞는 방식을 만들어 나가는 것, 살면서 가
장 중요한 추억을 기록하는 것, 그 사람이 좋아하
는 것들을 나도 자연스레 좋아하게 되는 것, 각자
의 삶에 천천히 물들어가는 것, 퀴퀴한 일상이 향
기로워지는 것, 자다가도 웃음이 나는 것, 평범한
단어 하나에도 의미를 품게 되는 것, 영원한 것은
어디에도 없다는 걸 알기에 서로가 더 소중해지고
애틋해질 수 있는 것, 불편함을 감수하고서라도

한 번쯤 용기를 내는 것, 행복의 대부분이 사랑 때
문이라는 걸 점차 알아가게 되는 것.

## 우리만의 암호가 있다면

가끔가다 숨이 턱 막히는 날이 있지. 아무것도 손에 잡히지 않고 우울한데, 그렇다고 해서 쉽게 누군가를 부르기엔 애매할 때. 연락하는 것조차 귀찮고, 연락이 오는 건 더 무서울 때. 사실 집에 가야 한다는 걸 알지만, 오늘은 놀아야만 할 것 같을 때. 그래야만 기분이 조금은 풀릴 것 같을 때.

그럴 때는 그냥 바다 보러 가자. 아무 생각 없이 떠나는 거야. 잔잔한 노래 하나 틀어놓고 조용히 누워있는 거야. 그냥 그렇게 쉬어가는 거야. 삶이 무너질 것만 같을 때, 나한테 먼저 말해줬으면 해. 바다 보러 가자고, 계획은 따로 없이 밤바다나 보러 가자고. 네가 그렇게 손을 흔들 때, 아무도 모르게 도움을 요청하는 느낌이 들 때, 함께 따라갈 수 있

는 사람이 될게. 이유는 묻지 않고 묵묵히 손잡아
줄 수 있는 사람이 될게.

## 대화가 줄어드는 이유

서로 간의 대화가 갈수록 줄어든다는 건 더 이상 관계를 이어나갈 생각도, 이유도 없어졌다는 뜻이다. 대화가 숙제처럼 느껴진다거나 어색하다는 건, 그만큼 상대방에 대한 관심이 사라지고, 이해하려는 노력도 하지 않게 됐다는 거니까. 그때부터는 정말 돌이킬 수 없다. 소중한 사람을 놓치고 싶지 않다면 꾸준하게 마음을 보여주자. 떠나고 나서 후회해 봤자 돌아오는 건 상처뿐일 테니까.

## 사람을 볼 때

겉모습이 바르고 착해 보인다고 해서 겉과 속이 항상 같은 건 아니다. 말 한마디에 짜증이 묻어 나왔다고 해서 그 사람의 인성 자체를 나쁘다고 할 수 없고, 말 한마디가 친절하다고 해서 그 사람의 속마음에 예쁜 꽃이 피어있다고 단정할 수는 없다.

삶의 단편적인 부분만 보고 섣부른 결론을 내리지 않는 사람이 되기를. 그 어떤 누구도 사람을 쉽게 판단할 수 없다. 빠르게 판단했다고 해서 바르게 판단하는 것도 아니고, 느리게 판단했다고 해서 더 바르게 판단하는 것도 아니다. 첫 만남의 느낌을 약간은 믿되, 그만큼 나를 의심할 것.

좋지 않은 판단으로 인해 소중한 사람을 놓치는

경우가 생길지도 모르는 거니까. 별로라고 생각했던 사람이 알고 보면 내게 가장 잘 맞는 사람이었을지도 모르는 거니까.

## 정면 승부

바지런히 살아가다 보면 가끔씩 회의감이 드는 순간들이 종종 찾아올 때가 있다. 특히나 순조롭게 이어가고 있던 일들이 나사 하나가 풀려 한꺼번에 무너져 내릴 때, 걱정 없이 행복했던 인간관계나 사랑이 갑작스레 떠나가는 순간들이 그랬다. 큰 충격으로 인해 내가 지금 뭘 하고 있는 건지, 뭐 때문에 그런 건지조차 감이 잡히지 않은 나는 보통 현실을 부정하는 편에 속했다.

수없이 무너져보는 경험 끝에 깨달은 건, 어려운 상황 속에서 이겨낼 수 있는 방법은 이미 벌어진 상황들을 피하지 않고 정면으로 마주하는 것. 고장 나버린 일이나 관계를 부정하지 않고 솔직히 인정할 줄 알아야 한다는 것. 지금의 상황을 무심하게 흘려보내지 않고, 마주하는 노력만 있다면 해결하지 못할 건 없다. 그 상황이 어떤 크기로 우리에게 오든지 간에, 어디로 흘러들어오든지 간에 모두 괜찮아질 수 있다.

모든 사람들이 회의감에 정면으로 맞서 싸울 정도로 용기를 낼 수 있는 순간이 오기를. 상처를 피하지 않고 제대로 맞서 싸울 수 있을 만큼. 무턱대고 돌아가는 건 나를 더 망가뜨리는 일일 테니. 제아무리 높은 벽이 눈앞에 펼쳐져도, 아무리 시간이 걸릴지라도 성큼성큼 기꺼이 올라가 깃발을 뽑아 무슨 일이든 이겨낼 수 있기를. 우리의 멋진 정면승부를 응원해야겠다.

# Part 3

# 가을

## 당신을 발견하는 시간

_____

_____

## 사랑하는 삶

누군가를 진심으로 생각하고 좋아하기 시작하면, 나도 모르게 그 사람에게 좋은 사람이 되기 위해 노력하게 된다. 내가 하는 생각이나 말이 상대방에게 어떻게 들릴지 한 번 더 생각하게 되고, 혼자라면 시도조차 하지 못하는 것들을 용기를 내서 시작하기도 한다. 그 사람이 원하는 걸 해주는 것뿐만 아니라, 상대방이 싫어하는 것조차 하지 않게 되는 것이다.

사랑하며 살아간다는 건, 이토록 이기적인 사람이었던 내가 불편함을 감수하더라도 관계를 위해 노력하게 되는 것. 오직 나만의 행복이 아닌 우리의 행복을 바랄 수 있는 것. 내가 계속해서 성장하고 있다는 걸 두 눈으로 직접 바라볼 수 있는 것. 나를 꾸준히 살아가게 만드는 힘과 이유가 생기는 것.

사랑을 놓치는 삶이 아니었으면 한다. 사랑하며
사는 것만큼 인생을 배울 수 있는 건 없을 테니.
가능한 오랫동안 사랑할 수 있기를.

## 언제부터 좋아했냐고 묻는다면

평소에는 멋있다고 느껴졌던 그 사람이 귀여워 보이기 시작하거나 그 사람을 생각했을 때 어이없게 웃음이 나온다면, 사랑은 시작되는 거야.

사랑은 대단하거나 거창한 이유에서 시작되는 게 아니야.

## 살아갈 이유

나의 보잘것없는 일상을 물어봐 주는 사람이 있다는 것, 서로 다른 점을 있는 그대로 봐주는 사람이 있다는 것은 나를 꾸준히 살아가게 만드는 원동력이 된다. 잘 잤는지, 밥은 먹었는지, 오늘은 어땠는지 물어보는 질문은 사소하거나 지루한 질문이 아니다. 정말로 사랑하기 때문에 물어볼 수 있는 질문들이다. 그러한 사랑과 인연을 놓치지 말자.

## 사랑하는 사람아

사랑하는 사람아. 우리 그런 사랑을 하자. 영원한 관계는 없으니 서로 더욱 애틋해지자. 사랑하는 사람아. 우리가 싸우는 일이 있더라도 너무 미워하지는 말자. 살아온 환경이 다르니 바라보는 시야도 다를 수밖에 없는 거니까. 미운 것이 있다면 생각나는 대로 말하지 말고 시간을 두고 서로를 바라보자. 순간의 감정이 서로에게 좋을 리 없다는 걸 너무 잘 아는 우리니까. 지금까지 쌓아온 추억을 되새기는 시간을 자주 갖자. 사랑하는 사람아. 우리가 함께하는 순간만큼은 최선을 다하자. 적어도 우리가 서로를 등지고 돌아설 때, 미련이 남지 않을 만큼만 사랑하자. 사랑하는 사람아. 서로가 서로의 기둥이 되자. 한쪽이 무너져도 또 다른 하나가 버틸 수 있을 만큼만. 사랑하는 사람아. 그렇게 꾸준한 사랑을 하자. 누구보다 빠르게 불타오르는 사랑보단, 쉬이 꺼지지 않을 우리만의 사랑을 하자.

## 선물

친구나 연인에게 줄 선물을 고르는 일이 많아진 요즘. 최근에 가장 많이 선물하고 있는 것은 책인데, 진심이 가득한 문장들로 가득한 책이거나 그 사람에게 도움이 될 법한 책들을 골라 선물한다. 그게 그렇게 뿌듯할 수가 없다. 상대방이 원하는 선물을 골라야 한다고 말하는 사람들도 있겠지만 나는 다른 생각이다. 나에게 있어 가장 의미 있는 선물이란, 내가 직접 입어보거나 써본 것들 중에서 가장 좋았던 물건들이다.

이전에는 선물 같은 건 형식적이라 생각해서 굳이 주고받을 필요가 없는 것 같아, 생일인 친구들에게 기프티콘과 같은 간단한 선물만 보내주곤 했었다. 그랬던 내가 별다른 기념일이나 축하할 일이

생긴 것도 아닌데 선물을 사기 시작하게 된 건, 선
물은 선물에서 끝나는 게 아니라 그 사람을 생각
하는 마음가짐과 정성이 가득 담겨있기에 더 큰
의미가 있다는 생각이 들었기 때문이었다. 나의 취
향이 가득 담긴 물건들을 건넨다는 게 얼마나 아
름답고 어여쁜 행동인지. 되도록 자주 선물을 건네
줄걸, 하며 지나간 시간이 아쉽기도 하다.

앞으로도 내 곁을 지켜주는 사람들이 생각날 때
면, 그중에 가장 마음에 드는 선물을 골라 선물하
고 싶다. 비록 상대방의 마음에 들지 않는 선물일
수도 있겠지만, 그 선물에 진심을 가득하게 담아
잊지 못할 마음을 보여주는 사람이고 싶다. 그것만
큼 예쁜 마음은 없을 테니. 갑자기 네 생각이 나서
사 왔다면서, 그냥 받으라면서, 부끄럽지만 부끄럽
지 않은 척 사랑하는 마음을 자주 건네고 싶다.

## 결이 맞는 사람

아무리 좋은 음식을 먹어도, 아무리 좋은 풍경을
봐도 행복하지 않다는 건 좋은 사람과 함께하지
않았기 때문일 것이다. 내 마음에 들지 않는 사람
들과 함께하는 순간은 뭘 하든지, 어디에 있든지
좋은 추억으로 남지 못할 것이다.

인생에서 행복했던 순간의 대부분은 좋은 사람과
함께하는 것에서 온다. 여기서 좋은 사람은 결이
맞는 사람이다. 나와 잘 맞지 않는 것을 굳이 맞추
려 하지 않아도 괜찮은 사람, 관계의 유지를 위해
영양가 없는 말을 뱉지 않아도 괜찮은 사람, 한 사
람만 노력하지 않고 서로가 노력할 수 있는 관계.

결이 맞는다는 건 단순하게 취미나 취향이 닮아있

다는 것이 아니다. 결이 맞는다는 건 말로는 쉽게
설명하기 어려운 무언가가 있다는 것. 우리가 살아
가는 삶을 바라보는 태도나 방향이 비슷하며, 행
복을 느끼는 방식이나 이유가 비슷하다는 것. 서
로가 서로를 대하는 행동에서 배려와 존중이 기본
이 되고, 다른 것을 틀리다 말하지 않는 것.

## 진심이 닿는 관계

내가 정말 이상한 건지, 내가 진짜 잘못한 게 맞는지, 내가 지금 사랑을 받고 있는 건지, 함께 사랑을 나누고 있는 게 맞는지, 생각을 하면 할수록 자꾸만 나와 둘 사이를 의심하게 만드는 사람은 절대 만나지 말 것. '내가 그래도 꽤 괜찮은 사람이구나' 하는 생각이 들게 하는 사람, 나를 바꾸려 하지 않고 있는 그대로를 최대한 존중할 수 있는 사람을 만날 것. 나를 진심으로 아끼며 좋아하는 사람을 사랑할 것.

노력의 차이가 관계와 사랑의 차이를 만드는 거니까. 사랑은 혼자만의 관계가 아니니까.

## 그런 사람들이 좋다

그런 사람들이 좋다. 예쁘게 말하는 사람, 남을 생각할 줄 아는 사람, 기분이 태도가 되지 않는 사람, 자존심은 없애고 자존감으로 행동하는 사람, 누구보다 상대방을 배려하고 존중하는 사람, 관계를 위해 노력할 줄 아는 사람, 감사함을 놓치지 않는 사람, 대화를 피하지 않고 이어나가는 사람, 가지고 있는 마음을 아끼지 않고 표현하는 사람, 나의 진짜 가치를 알아봐 주는 사람, 어딜 가도 자랑스러운 그런 사람.

그중에서 가장 소중한 사람은 말을 예쁘고 바르게 할 줄 아는 사람이다. 단순히 듣기 좋은 말을 건네기만 하는 사람이 아니라, 상대방에게 진심에서 우러나온 말을 할 줄 아는 사람, 시간이 걸릴지라

도 생각하는 시간을 거치고 나서 대화할 줄 아는
사람.

말을 예쁘게 할 줄 안다는 건, 둘 사이의 관계를
그만큼 깊이 생각하고 소중하게 여기고 있다는 뜻
이 될 테니까. 그만큼 좋은 관계를 유지해도 좋다
는 뜻이 될 테니까.

## 지금 그런 관계가 있나요

굳이 나라는 사람이 아니어도 될 사람을 만나는 것만큼 슬픈 일이 있을까. 나만 놓으면 끝나는 관계인 것 같다면, 나만 노력하고 있다는 느낌이 든다면 이제는 미련 없이 그만하는 게 좋다. 아쉽다고 붙잡지 말고, 붙잡는 걸 다시 잡지도 말자.

비로소 떠나야 할 때를 아는 건, 비단 연인 사이에서만 적용되는 것은 아니다. 내가 그 사람에게 충분한 가치가 없다고 느껴진다면, 누군가를 만나는 것이 좋아서가 아닌 의무감에 만난다는 느낌이 든다면, 시간을 내서 만나는 게 아니라 때마침 시간이 나서 만나는 관계라는 느낌이 든다면, 사소한 이유나 목적이 있어서 만나는 중이라는 생각이 든다면, 그때는 가차 없이 돌아설 줄도 알아야 한다.

괜찮은 사람은 어디에나 있고, 그런 사람 아니어도
좋은 사람을 곧 만나게 될 테니까.

그 사람을 미워해야 할 이유도, 오랫동안 고통 받
아야 할 필요도 없다.

영원한 사람도, 사랑도,

관계도 없으니

차라리 애틋하고

다정할 수 있기를.

## 시절인연

'시절인연'이라는 말이 있는 것처럼 어찌해도 만나고야 말았을 인연과 운명이, 어찌해도 만나지 못했을 관계와 사랑이 있다고 믿는다. 내가 아무리 관계를 유지하기 위해 발버둥 치고 소리쳐 봐도 뒤돌아서는 사람이 있었고, 내가 아무리 떼어내려 하거나 굳이 애쓰지 않아도 나를 떠나지 않은 인연들이 있었으니까. 그러니 이제는 모두에게 좋은 사람으로 남을 수는 없겠지만, 지금의 인연이 되어준 사람에게는 좋은 사람으로 남겠다고 다짐하기로 한다.

고마우면 고맙다고, 미안하면 미안하다고, 사랑하면 사랑한다고, 보고 싶으면 보고 싶다고, 우리가 영원할 수는 없겠지만 함께하는 순간만큼은 최선을 다해 행복하자고.

이제는 순간의 감정이나 태도로, 가까이 있다는
이유만으로 소중한 인연을 놓치고 싶지는 않으니
까. 또한, 내 운명이 아니었을 사람들에게 굳이 받
지 않아도 될 상처는 더 이상 받고 싶지 않으니까.

# 정

정이라는 게 참 무서운 거야.

세상에서 가장 보기 싫은 사람과 헤어질 때도
있는 추억, 없는 추억을 다 끄집어내다 보면,
알고 보면 꽤 괜찮았던 사람으로 남기도 하니까.

미운 정조차 고운 정으로 만들어지기도 하니까.

## 끼리끼리

학생 시절의 나는 친한 친구들이 많거나, 죽이 척척 맞는 관계들을 보며 부러워하고 시기 질투를 하기도 했다.

'나도 꽤 좋은 사람인 것만 같은데', '저 사람보단 내가 더 나은 것 같은데 왜 나에게는 좋은 사람이 다가오지 않을까?'

하지만 다시 생각해 보면 그때의 나는 좋은 사람들을 찾아다니는 사람이었지만, 정작 나는 누군가에게 그리 좋은 사람이 되지 못했다. 다른 사람들의 일방적인 희생을 요구하거나, 나 하나만으로도 충분히 이기적인 사람이었다. 좋은 사람들이 내 곁에 있어야 할 마땅한 이유가 없으면서도 남 탓을

하기 바빴던 것이다. 나는 그러한 사실을 내 곁에
있는 대부분의 소중한 사람들이 떠나고 나서야 깨
달을 수 있었다.

우리는 괜찮은 사람이 내 주변에 없다며 불평불만
하기 전에 내가 정말 누군가에게 좋은 사람이었는
지 생각해 봐야 한다. 나조차 그런 사람이 아닌데
많은 걸 바란 건 아니었는지, 주변 사람에게 좋은
사람이 되라고 강요한 적은 없는지. 원래 사람은
끼리끼리 만나는 거니까.

## 진짜와 가짜

진짜 친구는 오해나 문제가 생기면 나에게 먼저 나가와 무슨 상황인지, 어쩌다가 그렇게 된 일인지 물어볼 것이고, 가짜 친구는 벌어진 상황을 이해하려 하지 않고, 다른 사람들에게 "이 사람은 원래 그런 사람이다", "역시 그럴 줄 알았다"면서 나를 궁지에 몰아넣을 것이다.

진짜 친구는 내게 좋은 일이 생겼을 때 그 사람의 노력과 결과를 진심으로 인정하고 축하해 주는 반면, 가짜 친구는 사실을 믿지 못하고 표정을 일그러뜨리며 다시 자신과 비슷해지기를 바랄 것이다. 진짜 친구는 내게 힘든 일이 생겼을 때 어떻게 해서든 도와줄 수 있는 방법을 찾으려 할 것이며, 가짜 친구는 "다들 그렇게 살아, 너만 힘든 거 아니야"라며 위로는커녕 도움이 되지 않는 조언만 던질 뿐이다.

그러니 만약 관계에서 뜻하지 않은 문제나 오해가 생기더라도 당황하지 말 것. 진짜와 가짜를 구분할 수 있는 상황이 만들어지는 거니까. 진짜는 '나'를 믿을 것이고, 가짜는 내가 처한 '상황'을 먼저 믿을 테니까.

## 솔직함과 무례함

살다 보면 한 번 이상은 하지 않아도 될 말로 분위기를 싸하게 만드는 사람을 본 경험이 있을 거다. 상황이나 사람에 따라 해도 될 말과 하지 말아야 할 말을 구분하지 못해서 생기는 것인데, 이 능력의 부재는 보통 상대방의 입장이 되어 생각하지 못하는 경우로 생긴다. 물론 공감 능력은 사회적 관계를 통해 차츰 배우기는 하지만, 결국 본인의 노력이 없다면 무용지물일 뿐이다.

공감에서 중요한 '말'에 대해 생각해 본다. 이전에 나는 내가 해야 할 말을 잘 선택하는 것이 가장 중요한 능력이라 여겼다. 하지만 시간이 지날수록 더 중요하다 느끼는 건 굳이 하지 않아도 될 말, 하지 말아야 할 말을 걸러낼 줄 아는 능력이더라.

솔직함이란 내가 아는 모든 것을 이야기하는 게 아니라, 진실을 이야기하는 상황이 생겼을 때 거짓을 말하지 않는 것이지 않을까. 역지사지의 마음으로 하지 않아도 될 말을 고르는 것, 그게 가장 중요한 행동인 것 같다.

'솔직함'과 '무례함'을 구분할 줄 아는 사람이 되자. 때로는 침묵을 지키는 사람이 되어야 한다. 말은 차분히 숙성시킬수록 더욱 깊어지는 와인과 같다고 생각하니까.

## 나는 당신에게

당신이 울고 있다면 아무 말 없이 안아주는 사람이고 싶다.

상처받지 말고 살라는 말보단 타인이 상처를 줘도 당신의 소중함은 변치 않는다는 말을 건네주고 싶다.

그건 이렇게 하라고 대책 없이 강요하거나 아는 척하지 않고, 내 생각은 이런데 당신은 어떠냐고 누구보다 다정하게 묻고 싶다.

누구에게나 들을 수 있는 백 마디의 말보단 당신에게 잘 어울리는 단 하나의 문장을 선물해 주고 싶다.

마침표보단 물음표를 더 많이 건네는, 당신을 항상 생각하고 걱정할 수 있는 듬직하고 자랑스러운 사람이고 싶다.

당신에 대해 다 알고 있다는 말보단 지금보다 더
알아가고 싶다는 말을 건넬 수 있는 사람이기를.
이유를 묻는 사랑보단 말없이 어깨를
내어줄 수 있는 사랑이기를.

그게 진짜 사랑이라고 생각하니까.

# 좋은 관계를 위해 할 일

나의 입장도 중요하지만, 상대방의 입장을 5초간 먼저 생각해 보기. 불필요한 자존심으로 얼굴 붉히지 않기. 말하지 않아도 나를 알아줄 거라는 생각보단 항상 표현하는 습관들이기. 슬픈 감정을 숨기기만 하지는 않기. 다정하게 말하는 연습하기. 말하는 만큼 경청하기. 가능한 긍정적인 사람이 되기. 도와줄 수 있는 부분은 최대한으로 도와주려 노력하기. 연락하지 못한 사람들에게 한 번씩 안부 묻기. 오랜만에 만난 사람들에게 다정한 인사와 안부 묻기. 만나고 나서 휴대전화는 내버려두고, 얼굴을 마주 보며 대화하기. 항상 진심으로 상대방을 생각하기.

## 각자의 행복대로

관계에선 주는 것을 통해 행복을 느끼는 사람이 있고, 받는 것을 통해 행복을 느끼는 사람이 있다. 그중에 나는 어떤 사람인가 생각해 보면 항상 주는 것에서 더 큰 흥미를 느끼는 사람이었다.

누군가는 그렇게 말하기도 한다. 관계는 이득과 손해를 따져봐야 한다고. 주는 게 있으면 받는 것도 있어야 한다고. 물론 맞는 부분도 있다. 하지만 그 사람은 그 사람일 뿐. 나조차 꼭 그런 기준에 맞춰 살아갈 필요는 없다. 내가 경험한 관계는 서로의 득실을 따져가며 이어지는 관계는 결국 끝이 모두 좋지 않았으니, 가진 걸 나누는 것에 행복을 느끼는 사람은 그렇게 사랑하면 되고, 주는 만큼 받아야 하는 관계를 중요시하는 사람은 그런 사람들을 만나면 된다.

이건 맞고 저건 틀리다는 말도, 사실도 없다. 모두 각자만의 관계에서 각자만의 행복을 누리는 방식 대로 살아가면 된다. 누군가에게 강요할 필요 없 이, 강요받을 필요도 없이 사랑해나가면 된다. 다 만, 서로를 계산하는 관계는 누구보다 빠르게 무 너진다는 걸 기억했으면.

## 의심의 이유

살아가면서 관계에 대한 의심이 점점 많아진다는 건, 누군가를 만나는 게 꺼려지거나 의욕조차 생기지 않으며 굳이 만나지 않아도 되는 이유를 찾게 된다는 건, 그만큼 사람에게서 상처를 많이 받았기 때문이다. 믿었던 사람이 한순간에 등을 돌리고, 애초부터 만나지 않았던 사람처럼 되어버리는 건 너무나 고통스러운 일이었으니까. 전부였던 사람이, 한때는 전부를 내주어도 아깝지 않을 것 같다고 생각했던 사람의 마음이 점점 바뀌어 가는 모습을 보는 건 인생에서 영영 지우지 못할 기억이 되니까.

하지만 영원한 건 없다는 말이 있듯이, 상처가 뿌리로 변하며 나 스스로를 더 단단하게 만들어줄 거라고 믿는다. 세상엔 나를 배신하는 사람들도 많겠지만, 그만큼 나를 믿고 의지하는 사람들도 분명히 있을 거라 믿으니까. 지금까지의 좋은 경험을 통해 나에게 맞는 사람을 더 잘 찾을 수 있을 거라 믿으니까.

시간이 지날수록 주변에 남아있는 사람들이 줄어든다는 건 오히려 감사해야 하는 일이다. 나와의 관계에 진심인 사람들만 남아있다는 뜻이 될 테니까. 내가 더욱 관계를 위해 집중해야 할 사람들이 누구인지 알 수 있는 상황이 될 테니까. 시간이 지나도 여전한 사람들에겐 애매한 것보단 확실하게, 손해 보는 것을 계산하지 않고 정을 주는 사람이고 싶다. 내게 거리낌 없이 다가오는 사람들에겐 줄 수 있는 걸 최대한 끌어모아 건네주고 싶다. 그게 내가 할 수 있는 최선이자 관계에서 후회를 남기지 않을 인생일 것 같아서.

## 변하지 않은 친구들

학창 시절부터 꾸준히 만나던 친구들이 있다. 많이
는 아니지만 1년에 한두 번 정도는 꾸준히 만나는
사이인데, 며칠 전엔 몇 개월 만에 만나는지 기억
이 나지 않을 정도로 오랜만에 만날 일이 생겼다.

한 명은 우리가 만나지 못한 사이에 새롭게 취직을
하기도 했고, 또 다른 친구는 백수로 지내며 하고
싶은 일을 찾고 있는 중이라 말했다. 마지막 친구
는 다니던 대학교를 자퇴하고, 원래 전공과는 전혀
다른 과를 새롭게 다니며 열심히 공부하는 중이라
고 했다. 그렇게 우리는 각자 어떻게 살아가고 있
는지 이야기를 나누고, 예전과 다를 것 없이 술잔
을 기울이기 시작했다.

'각자의 상황은 바뀐 것들이 너무 많지만, 이 사람들 자체는 전혀 바뀌지 않았구나.'

친구들과 오순도순 앉아 이야기를 하던 중, 그런 생각이 문득 들었다. 시간이 갈수록 각자 사는 곳도, 하는 일도 전부 달라지는 모습이 슬프기도 했지만, 이 사람들 자체는 변함이 없었다는 거. 비록 자주 연락하진 않지만, 그래도 만날 때만큼은 여전하다는 거. 그거만큼 감사한 일은 없을 것 같다는 생각이었다.

오랫동안 얼굴을 마주하고 싶다. 나도 그들에게만큼은 여전한 사람이고 싶다. 쑥스러워 표현은 잘 못하지만 정말 고마운 사람들. 건강하고 행복하기만 했으면.

## 내 인생의 가장 큰 자랑거리

몇 년 만인지 모를 정도로 오랜만에 가진 아빠와 나의 단출한 식사에서, 퇴근하는 엄마를 데리러 가서 함께 손을 잡고 장을 보고 오는 길에서, 주말에 심심하다며 갑작스레 함께 차를 타고 출발한 누나와의 드라이브에서, 내가 아무리 혼자 돈을 많이 벌고 행복하게 살 수 있다고 하더라도 이 사람들과 함께하는 순간만큼 행복한 일은 없겠구나.

어떤 상황이 생기든 내가 첫 번째로 챙기고 지켜야 할 사람은 다름이 아니라 가족뿐이겠구나 하는 생각. 얼굴조차 보기 싫을 정도로 밉고 서운한 일이 있어도 결국 내 품엔 그 사람들이 있어야겠구나 하는 생각을 했다.

우리 엄마, 전영숙.

우리 아빠, 조성철.

우리 누나, 조주희.

그리고 나.


내 인생의 가장 큰 자랑, 그리고 사랑.

# Part 4

# 겨울

잠시 내려놓는 시간

_____

_____

## 우리는 자주 고장 나는 존재니까요

나를 제대로 챙기지 않으면서부터, 언젠가 안에서부터 완벽하게 뒤틀렸다고 느낄 때가 있었습니다. 시간이 없다는 핑계로 끼니를 대충 라면으로 때우던 때, 카페인이 몸에 그다지 좋지 않다는 걸 알면서도 하루에 커피를 5잔씩 마시던 경우가 꽤 많았으니까요. 결국엔 몸도 마음도 망가졌고, 미루고 미루던 문제들이 터져버린 날이 있었습니다. 아무도 나를 돌봐주지 않는 장소에서 혼자 며칠간 시름시름 앓으며, 이불 속에서 소리 없이 울어야만 했지요.

젊음이라든지, 건강이라든지 똑같은 상태를 유지할 거라는 보장은 없다는 것, 우리는 때로는 약한 존재라는 것을 알았으면 합니다. 제때 챙겨주지

않으면 결국 망가질 수밖에 없다는 것을 알아야
해요.

항상 적당한 선을 지키며 살기를. 상황이 심각해
지고 나서 수습할 수 있는 것도 한두 번일 뿐. 몸도
마음도 건강이 기본으로 잡혀있지 않다면 원래라
면 해낼 수 있는 것도 감당할 수 없게 됩니다. 무엇
을 하든지, 내가 하는 만큼 적당한 비율로 쉬어 주
고, 적당하게 버틸 줄 알고, 적당히 아파하기를. 우
리는 생각보다 쉽게 고장 나는 존재니까요.

그 언젠가 한계를 버티지 못하고 무너진다면, 무너
진 것을 다시 세우기 위해 더 많은 시간을 써야 할
지도 모른다는 걸 기억하기를.

# 삶에서도 청소가 필요할 때가 있다

가끔 내 삶이 비참하다고 느껴지거나, 마음이 복잡하다면 주변에 있는 것들을 정리해야 할 때가 온 것이다. 책상에 있는 쓰레기들을 치우고, 방바닥과 옷장에 있는 옷들을 정리하며 생각이 많아지는 뇌를 정화시킨다. 정리를 마치고 나면 모든 일이 해결되는 것은 아니었지만, 집중해야 할 것들에 집중할 수 있게 되고 불필요한 시선에 사로잡히지 않게 될 수 있었다.

일이든, 인간관계든, 삶에서 주기적으로 청소가 필요할 때가 있다. 머릿속에 너무 많은 것들을 집어넣기보단, 지금 내가 가지고 있는 것들을 활용하는 게 효과적일 때가 많았으니까, 관계에서도 너무 다양한 인연에 에너지를 쏟기보단, 소수의 사람들에게 진심을 전하는 게 더 행복할 때가 많았으니까.

인생은 어쩌면 채우는 것보단 비우는 것이 중요할지도 모른다. 아무리 넘쳐 흘러봤자 내 능력과 그릇은 정해져 있는 거니까. 생각해 보면 대부분의 행복은 내가 감당할 수 있는 곳에서 나오는 거니까.

## 꾸준하고 무던하게

시간이 흐르면서 생각하는 건, 무언가를 누구보다 뛰어나게 잘하는 사람만큼 꾸준하고 무던하게 열심히 하는 사람이 더욱 대단하고 멋있다는 것이다. 잘한다는 것에만 의미 부여하지 않고, 본인을 너무 압박하지 않고 묵묵히 자기 할 일을 열심히 하는 사람들은 결국 시간이 지나면 본인이 원하는 위치에 올라가거나 꾸준히 행복해 보였으니까.

훗날 내가 조금 더 나이가 들고 과거를 돌아보았을 때, 나도 그런 사람이 될 수 있다면 좋겠다. 잘해야 한다는 마음가짐으로 나를 옭아매지 않고, 묵묵히 맡은 일을 해내며 꾸준히 웃고 사는 사람. 좋아하는 사람들과 함께 하고 싶은 일을 하며 작은 성과도 이뤄낼 수 있는 사람이 되기를. 어쩌다 운이

좋아 하루 정도만 행복한 삶이 아니라, 꾸준히 매
일매일 행복을 찾을 수 있는 삶이기를 바란다.

## 오래가는 사람

가끔씩은 뻔한 위로의 말이 크게 다가올 때가 있지.

"다 괜찮아질 것이다."
"당신은 잘하고 있다."

만약 지금이 평소라면 가볍게 넘겼을 말들이
나에게 위로가 되는 순간이라면,
당분간은 제대로 쉬어 주자.

인생은 항상 달려갈 수는 없는 법이니까.
빠르게 가는 사람보단, 오래가는 사람이
결국 웃게 될 거라고 믿으니까.

## 자주 멈추는 삶이어야 한다

생각도, 행동도 자주 멈추는 날이 있다. 오늘은 어떤 옷을 입어야 할지를 생각하며 멈추고, 오늘 해야 할 일에 대해서 생각하며, 내일은 또 어떻게 살아야 할지에 대해 걱정하며 멈춘다. 그래서 때로는 일상의 순간조차 힘들게 다가올 때도 있다. 너무 많은 선택지는 결국 나에게 결정해야 한다는 압박감을 주고, 책임감을 묻게 했으니까.

하지만 자주 멈추는 삶이 나에게 안 좋다고만 할 수는 없다. 내가 하는 결정에 대해 진심으로 신중하게 대할 줄 알고, 책임감의 무게를 충분히 버티고 있다는 뜻이 될 테니까.

차라리 더 자주 멈출 줄 아는 삶이었으면 좋겠다.

내게 맞는 좋은 선택을 하기 위해 곰곰이 생각하고 행동하며 공부하는 삶이었으면 좋겠다. 하루하루를 허비하지 않고 내가 좋아하는 것들을 지키고 살아가기 위해. 힘들더라도 모든 건 다 나를 위한 것들이라 생각하면서.

부디 괜찮지 않은 날에도

괜찮은 척하려 하지 말기를.

몸의 상처만큼 마음의 상처도 돌볼 줄 아는

그런 사람이 되기를.

## 선택의 연속

삶은 원하지 않는 선택의 연속이었다. 하고 싶은
선택보단 해야만 하는 선택이, 몸과 마음이 여유로
운 상황에서의 선택보단 침착하지 못한 상황에서
의 선택이, 나를 행복하게 만들어 줄 선택보단 불
행하게 만드는 선택이 많았다. 결국 선택의 목적지
는 하나여야 했기에 얻는 것이 있으면 잃는 것이
있었고, 잃는 것이 있었다면 얻는 것도 있었다. 때
로는 시간과 돈 중에 하나를 선택해야 했고, 사람
과 사랑 중에 선택해야 하기도 했으니까.

결국 우린 매일이 또다시 선택의 연속일 것이기에,
앞으로 무언가를 선택해야 하는 순간이 올 때는
가지고 있던 것을 잃을 걱정보단 앞으로 채워나갈
것들을 상상하며 살고 싶다. 원래 누구나 예측할

수 없게 흘러가는 것이 인생이니까. 무엇을 하든, 무슨 선택을 하든지 당연히 후회가 남는 법이니까. 비우는 게 있으면 앞으로 채워나갈 수 있는 것들이 더 많아진다는 뜻이 된다고 믿으니까.

세상을 바라보는 시야를 꾸준히 넓혀가며, 어쩔 수 없이 무언가를 선택해야 하는 순간이 오면 더 올바른 결정을 할 수 있도록 실력을 키워야지. 철저한 준비를 통해 앞으로 내가 해낼 결정의 순간을 기다려봐야지.

## 우리만의 기준

누군가는 그렇게까지 해야 하냐고, 속이 너무 좁은 거 아니냐고 말할지 모르겠지만, 나는 관계마다 어느 정도의 선을 만들어 놓는 편이다. 관계 속에선 '나'의 기준이 아닌 '우리'의 기준을 만들어 놓는데, 최종적으로 우린 어떤 관계에 속해있는지에 따라 때로는 개방적으로, 때로는 규칙적으로 조금씩 달라지기도 한다.

지나치게 자유로운 관계는 적당한 선이 없기에, 다툼이나 갈등이 생기면 영문도 모른 채 관계가 끝나게 되는 최악의 경우로 번지기도 한다. 특히나 한 번 넘어간 선은 다시 원상 복구할 수도 없고, 서로에게 상처만 될 뿐이니 골치 아픈 일만 늘어나는 것이다. 하지만 서로 간에 지켜줬으면 하는 것들이 각자의 머릿속에 존재한다면 그런 관계는 오히려 편안해질 수 있다.

새로운 관계가 시작된다면 '나'도 아니고 '너'도 아닌, 우리만의 기준을 만들어 보자. 오히려 아무것도 없는 규칙 속에서 관계를 유지하는 것보단, 하나의 선을 두고 그 선을 넘지 않으려는 노력이 더욱 서로를 끈끈하게 만들어줄 테니까.

만약 누군가가 함께 정한 관계의 선을 넘고 당신의 마음을 갈라놓는다면 이해할 게 아니라 과감히 돌아설 줄도 알아야 한다.

우리를 위한 관계를 한 사람만을 위한 관계로 만든다면 그건 오래 잡고 있을 필요가 없다. 여러 번 상처를 준 사람은 또다시 상처를 줄 테니. 때로는 말끔히 잘라내야만 한다.

관계는 나도 아니고 남도 아닌 우리를 위한 거니까.

## 모든 게 처음과 똑같을 수 없다

살다 보면 인간관계에서, 사랑에서, 일상에서 모두 권태로움을 느낄 때가 있다. 여기서 말하는 권태는 '어떤 일에 싫증이 나거나 심신이 나른해져서 게으른 데가 있다'는 뜻인데, 그 말은 즉 누구나 한 번쯤 겪는 심리적인 상태나 감정이라는 뜻이다.

권태가 꼭 나쁘다고만 할 수 없다. 아무리 좋아하는 것일지라도, 아무리 소중한 사람일지라도 결국 익숙한 것에 지루함을 느끼지 않는 사람은 없다. 하지만 감정에 변화가 생기고 나서 지금의 관계나 상황에 대한 태도가 달라지는 사람이 있는 반면, 그렇지 않은 사람도 있다. 휘몰아치는 파도가 와도 끝끝내 버틸 수 있는 사람이 있고, 결국 버티지 못하고 나가떨어지는 사람이 있다.

그러한 권태의 와중에 우리가 할 수 있는 최선은 올 것이 왔다는 생각으로 지나가기를 기다릴 뿐. 뜨뜻미지근해진 온도에 쉽게 반응하지 않고, 결국엔 시간이 지나면 처음처럼 뜨거워질 수도 있고 차가워질 수도 있을 거라고 믿는 것이다. 모든 게 처음이랑 완벽히 같을 수는 없을지도 모른다. 10년이면 강산도 변한다 말하지 않던가.

시간과 환경은 변해도 마음은 노력으로 비슷하게 유지할 수 있다. 나를 잠깐 흔들리게 할 권태로움에 속지 말자. 순간의 감정에 속지 않고 나를 믿을 수 있는 사람이 되자. 시간이 지나고 변하는 과정에 동요하는 삶보단 흔들리지 않고 자연스럽게 살아가는 삶이 더 멋있을 테니까.

## 지금 그대로도 좋다

가끔씩 사람들을 만나다 보면 아무렇지 않게 거짓말을 하고 다니는 사람들을 만날 때가 있다. 그 거짓말을 듣는 사람들 모두가 잘 속아 넘어갈 거라 생각한 건지, 아니면 될 대로 되라는 식인 건지는 모르겠지만, 공통적으로 그 사람들의 끝은 결국 좋지 않았다는 건 사실이다. 근거 없는 말이나 출처 없는 말, 비밀은 영원하지 못하다. 거짓은 거짓을 낳고, 거짓을 행하는 사람은 또 거짓을 포장하기 위해 노력해야만 한다. 그렇게 자기 자신을 포장하기만 하다 보면 한계가 오기 마련이고, 나 자신을 완벽히 속이기는 더 어렵다.

지금 당장 내가 돋보이기 위해서, 보통의 사람들과 달라 보이거나 누군가를 속이기 위해서 애쓰지 말아야 한다. 결국 사람들은 진실을 알아낼 테니까. 삶을 진지하고 진실하게 대하는 자에게는 언제 어디서든 기회가 찾아오기 마련일 테니, 시간이 지나면 결국 나 자신만 힘들게 할 행동은 하지 말 것. 지금 그대로도 괜찮은 나와 당신이니.

## 대체 불가능한 행복

때로는 마음속 허기짐을 채우기 위해 인터넷을 뒤져 옷을 주문하거나, 밖으로 나가서 가지고 있는 돈으로 살 수 있는 물건들을 소비하기 바빴던 적이 있다. 필요에 의해서가 아니라 단지 기분이 좋지 않다는 이유로. 별다른 이유가 있는 게 아니라 물건을 사들이고 얻는 단 하루의 행복을 얻기 위해서였다. 하지만 그런 것들이 내 삶을 단 1퍼센트라도 행복하게 바꿔줬을까? 누구나 예상하겠지만 결과는 뻔했다.

마음속 욕망을 채우려는 물건들은 내가 사는 공간을 가득 채워주기는 했지만, 의도했던 것과는 반대로 텅 빈 마음은 전혀 채워주지 못했다. 오히려 내 욕망을 더 빠르게 키우는 촉진제가 되어버렸다. 시간이 지날수록 마음의 결핍은 더욱 커졌으며, 나의 본질적인 문제나 우울을 해결해 주진 못했다.

살면서 진짜 불안을 해소할 수 있는 방법은 오로지 '나'라는 사람에 대해 곰곰이 생각해 볼 수 있는 시간을 가지는 것이었다. 혼자만의 시간을 두려워하지 않고 나만의 것으로 만들 수 있었을 때, 외부 환경이나 사람에게 기대려 하지 않았을 때 나는 비로소 행복해질 수 있었다. 내가 직접 통제할 수 없는 것들이 분명히 존재했지만, 나라는 사람은 마음대로 통제할 수 있었기 때문이다.

마음속이 공허하다면 용기를 내어 공허한 마음속을 들여다보자. 넘쳐나는 생각들을 종이 위에 풀어써 보며 훌훌 털어낼 수 있는 사람이 되자. 그렇게 그 무엇도 대체할 수 없는 '나'라는 행복을 찾아가자. 진짜 나를 채울 수 있는 것들은 오로지 나에게서 나온다.

## 무감각한 삶

점점 삶이 무뎌지고 무감각해지는 것 같다는 생각을 한다. 사람에 대한 관심은 이미 사라진 지 오래고, 나조차 관심이 없어졌다는 느낌이 들었으니까. 가슴 뛰는 일을 경험해 본 기억도 이제는 점점 희미해졌으니까. 심지어는 좋아했던 것들도 점점 귀찮아지거나 싫어졌으니까.

그래도 이건 누구나 겪는 하나의 과정일 뿐일 거라 생각하며 우울한 감정은 잠시 내려놓기로 한다. 다시 훌훌 털어내고 일어나서 걷다 보면, 나를 다시금 설레게 하는 것들이 반겨줄 거니까. 지금의 감정을 미워하지 않고, 회피하지 않고 살아가다 보면 곧 괜찮아질 거라 생각하면서. 누구나 다 그런 날이 있다고 나를 토닥이면서.

돈과 꿈, 일과 행복, 사람과 사랑의 균형을 잡아가는 삶이었으면 좋겠다. 어느 하나 더 바라거나 덜 바라지 않고, 가야 할 길만 바라보는 삶이 아닌 지나온 길을 충분히 기억할 수 있는 삶이었으면 좋겠다. 욕심만 가지고 사는 삶이 아니라 덜어낼 줄 아는 삶이었으면 좋겠다. 그렇게 무감각한 삶에서 조금씩 더 웃을 수 있는 삶이기를 바란다.

## 빠르게 오는 것들은 빠르게 사라진다

상처와 슬픔을 완벽히 지울 수 없다면 차분하게
받아들일 줄 아는 것도 좋지 않을까. 행복하지 않
다고 해서 억지로 행복을 찾지 말자. 지금의 감정
을 두려워하지 말자. 급한 마음에 잘못된 선택을
하지도 말고, 나를 잠깐 행복하게 해줄 것들을 찾
지도 말자. 마음에 여유를 갖자. 빠르게 오는 것들
은 빠르게 사라지니까.

# 내 인생이니까

어렸을 때부터 무언가를 할 때마다 남들의 눈치부터 보곤 했다. 모르는 것이 있어도 쉽게 손을 들어 물어보지 못했고, 음식점에 가거나 가게에 들어가서도 내가 요구해야 할 것들을 요구하지 못했다. 심지어는 사람들이 생각 없이 툭툭 꺼내는 말조차 반박하지 못할 정도였으니 심각한 수준이었다. 단순히 웃어넘기기 바빴고, 그 결과는 고스란히 내 몸과 마음에 상처를 남겼다.

하지만 시간이 흐르면서 눈치에 대한 생각도 서서히 변했다. 소심한 마음 때문에 표현하지 못한 것들을 점점 표현하면서 느낀 건, 사람들은 나에게 크게 관심이 없다는 것. 그리고 가장 중요한 건, 내가 뭘 하든지 나를 좋아해 주는 사람은 곁에 있을 거라는 것. 그러니 상처받으면서 살아갈 필요가 없다는 것.

한 번뿐인 인생을 나답게 살지 못하고, 남에게 맞춰 살아가는 것만큼 슬픈 일이 없지 않을까. 남에게 피해만 주지 않는다면, 남을 상처 주지만 않는다면 내 생각과 마음을 자유롭게 표현해도 좋다. 좋으면 좋다고, 싫으면 싫다고 말하자. 내 인생이 먼저 행복해야 하는 거니까. 내가 살아가고 있는 삶은 온전히 내 것이니까.

## 당신의 고민이 이거라면

무언가를 떠나야 할 때와 떠나지 말아야 할 때를 구분하는 방법은 이런 것이지 않을까. 원래라면 잘 해왔던 것들이 하기 싫어서 드는 느낌보다, 새로운 도전을 하고 싶다는 느낌이 강하게 들 때. 예를 들어 회사에서 퇴사를 하고 싶다는 느낌이 드는데 떠나야 하는지 남아야 하는지를 구분하지 못하고 있을 때, 보기 싫은 사람을 더 이상 보고 싶지 않다는 이유 하나로 떠나는 게 아니라, 내가 진심으로 시작하고 싶은 일이 있다는 직감이 들 때. 단지 현실을 회피하기 위해 도망치는 느낌이 아니라 내가 정말 원하는 행동이 있다는 생각을 할 때. 그럴 때가 되면 비로소 미련 없이 떠날 수 있는 자격이 된다고 말할 수 있지 않을까.

물론 가끔씩은 아무 이유조차 없이 떠날 때도 있어야 한다. 내가 더 이상은 버틸 수 없다는 생각이 강하게 들 때. 이렇게 살다가는 단단히 망가져 버릴 것만 같다는 느낌이 들 때는 당연히 떠나야만 한다. 그건 단순히 우리가 어리석기 때문도, 인내심이 없어서도 아니다. 지옥에서 벗어나고 싶은 사람에겐 '도망쳐서 도착한 곳에 낙원은 없다'는 말조차 의미 없을 테니까.

하지만 아무리 오랫동안 생각해도 명확한 답을 내릴 수 없을 때는 다시 제대로 나에게 되물어볼 줄 알아야 한다.

확실한 꿈과 야망이 있어서 떠나야겠다는 생각을 한 건지, 다가오는 현실을 막연히 회피하고 싶어서 그런 생각을 한 건지.

## 상대적 시간

시간은 기다려주지 않는다. 망설이는 시간이 길어질수록 놓치는 것들이 많아진다. 좋아하는 인연도, 서로를 사랑하고 있는 관계도, 하고 싶은 일도.

그래서 때로는 마음이 시키는 일을 해야 할 때도 있다. 보고 싶은 사람이 있다면 시간을 내서라도 보러 가야 하고, 놓치지 않고 싶은 순간이 있다면 어떻게 해서든 기회를 잡아야 한다. 하고 싶은 일이 있을 때 하지 못해서 후회하는 것보단, 하고 나서 후회하는 게 더 나을 때가 많았으니까.

우리에게 희소식이 있다면, 시간은 절대적인 시간과 상대적인 시간이 존재한다는 것. 누군가는 상대적인 시간을 믿고 결코 늦은 시간은 없다 생각할

것이고, 누군가는 도망치는 시간을 잡을 수 없다
는 생각에 그저 바라보기만 할 거라는 것. 남아있
는 시간을 잘 활용하는 사람이 있는 반면, 흘러가
는 대로 사는 사람이 있다는 것. 생각이나 행동에
달려있을 뿐.

## 소란스러운 세상에서 살아남는 일

인생에 정답이나 오답이 확실히 존재하는 것처럼 말하는 행동만큼 어리석은 행동이 있을까. 이 길이 아니면 다른 길은 없다는 듯이 말하는 사람들, 그렇게 살지 않으면 결국 후회할 거라는 사람들의 말들로 소란스러운 요즘. 본인조차 어떤 방향으로 향하고 있는지 정확하게 모른 채로, 대책 없이 돈이나 물질적인 것들만 많으면 무조건 행복하다는 말만 남긴 채로 떠드는 세상이다.

즐길 수 있는 삶을 살아갔으면 좋겠다. 막연하게 오늘만 살 것처럼 사는 것이 아니라, 내가 가진 무한한 가능성을 믿고 확실한 삶의 기준을 세우며, 쉽게 흔들리지 않을 정도의 뿌리를 가지고 행동하는 삶이었으면 한다. 한 사람에겐 아무리 좋은 방법일지라도 결국 맞지 않는 사람은 당연히 나타날 테니까.

같은 바다에 놀러 가도 누구는 큰 파도에 올라타 아찔하게 서핑을 즐기는 사람이 있고, 잔잔한 바닷속에서 튜브를 타고 노는 사람이 있고, 모래밭에 누워 휴식을 하는 사람도 있는 거니까.

모든 걸 해내지 않아도
모두와 잘 어울리지 않아도
모든 걸 사랑하지 않아도 괜찮다.


정답의 기준을 '남'이 아닌
'나'에게서 찾는 사람이 될 것.

# 내가 많이 지쳐있다는 걸 느끼는 순간들

1. 잠자는 시간보다 휴대전화를 보는 시간이 더 행복할 때.
2. 누군가를 만나고는 싶지만, 막상 만날 기회가 생기면 귀찮아질 때.
3. 함께 있을 때는 괜찮지만, 혼자서는 무표정인 순간이 많을 때.
4. 듣는 노래에 따라 기분이 순식간에 바뀔 때.
5. 의자에 앉을 때 다리를 떨지 않으면 불안하다는 느낌이 들 때.
6. 끼니를 자연스레 거르는 순간이 많아질 때.
7. 생각이 너무 많아서 우선순위를 정하지 못할 때.
8. 순간적으로 감정이나 행동이 격해질 때.
9. 내일이 오는 게 막연하게 두려워질 때.
10. 지쳐있다는 걸 알아도 아무것도 하지 못할 때.

11. 살아있어야 하는 이유가 아니라, 살지 않아도
    괜찮은 이유를 찾을 때.

## 관계의 진짜 시작

새로운 관계가 시작되면 단점보단 장점을 바라보고, 미운 점보단 그 사람이 내게 없어서는 안 되는 이유를 찾는다.

'이 사람은 이래서 좋아.'
'이런 점이 나랑 비슷해서 좋아.'
'그러니까 그 사람은 나한테 없어서는 안 되는 존재야.'

하지만 만나는 횟수가 늘어나기 시작하면서 서로의 본모습이 보이고, 1~2개의 차이점이나 단점이 드러나기 시작하는 순간 관계의 방향성은 틀어진다. '나랑은 잘 안 맞는 것 같아', '이 사람이랑은 오랫동안 볼 수 없을 것 같아'라는 생각에 결국 서로의 끝을 바라보는 관계가 되기도 한다.

시간이 흐를수록 수많은 관계와 이어지고 끊어지면서 내가 얻은 교훈은, 진짜 관계의 시작은 상대방의 좋은 점을 바라보는 것이 아니라 차이점이나 단점을 정면으로 마주하고 나서부터 시작된다는 것. 잘 보이기 위해 꾸며낸 모습은 금방 티가 나기 마련이라, 시간이 지나면 결국 서로가 서로에게 보여주고 싶지 않은 모습까지 자연스레 드러나니, 진짜 관계의 방향성은 각자의 민낯을 마주했을 때 달라질 수 있다는 것.

그러니 관계를 쉽게 판단하고 빨리 결정하는 사람이 되지 않아야 한다. 때로는 어떤 이유 하나 때문에 이어지고 부러지는 게 관계일 테니까. 알 것 같다가도 모르는 게 관계이니, 조급해하지 말고 신중하게 바라볼 것.

## 사랑할 운명

이별 때문에 아파하고 눈물을 흘려도 또다시 사랑할 사람을 찾는 건, 이별의 아픔보단 사랑이 주는 만족감이 더 커서 그런 거겠지. 상처만 남긴 사랑으로 끝났든지, 상처를 주기만 했던 사랑이었든지 간에 또다시 사랑을 찾아 떠나는 건, 그만큼 사랑에 희망이 남아있을 거라고 굳게 믿고 있기 때문이겠지. 그러니 결국 우리는 계속해서 사랑하며 살아갈 운명이라는 거겠지. 이별의 끝은 새로운 만남의 시작이 될 테니까. 사랑을 잃었다는 건, 사랑할 기회가 다시 생겼다는 증거가 될 테니까.

## 다정한 사람이 좋다

누가 뭐래도 다정한 사람이 가장 좋다. 사소한 말한마디에도 정성을 담아 말하며, 누구에게나 감사하다는 말을 놓치지 않는 사람. 그리고 그런 습관들이 몸에 배어있어 전혀 어색하지 않은 느낌이 드는 사람. 다툼보단 대화를 이어나가려 노력하는 사람. 내가 항상 정답은 아닐 거란 생각을 가지고 살아가는 사람. 본인만의 편견과 선입견의 오류를 계속해서 인지할 줄 아는 사람. 나만큼 남의 의견을 먼저 물어보고 받아들일 줄 아는 사람. 좋아한다는 말 한마디로 끝나지 않고 계속해서 마음을 보여줄 수 있는 사람. 상대방을 위해 한걸음 물러설 줄 아는 사람. 서로의 관계에 의심이 들게 하지 않는 사람.

다정하다는 건 말 그대로 상대방을 위하는 마음이 가득하단 뜻이니까. 타인의 아픔에 당사자와 비슷하게 공감할 수 있다는 거니까. 그만큼 나와의 관계에 진심이라는 뜻이 될 테니까.

## 닮고 싶다는 말

비슷한 점이 많은 사람만큼, 나와 다른 점이 많은 사람을 좋아하기도 했다. 내게선 찾아볼 수 없는 유쾌한 성격이라든지, 힘든 상황에도 시간이 지나면 없던 일처럼 훌훌 털어내고 일어날 수 있는 강인한 마음가짐을 가진 사람이라든지. 그렇게 여러 사람들을 만나면 단순히 감정을 느끼고 공유하는 것이 아닌 나만의 세계가 점점 확장되는 느낌을 받는다. 내가 모르고 있던 삶의 방식이나 태도를 알게 되고, 내가 알고 있는 삶을 그들에게 다시 공유하며 삶을 바라보는 시야가 넓어질 수 있기에.

그중에서도 오래도록 함께하고 싶은 사람을 떠올려 본다면, 그들의 공통점은 내가 닮고 싶은 존재라는 것이었다. 자만하지 않되, 항상 자신감을 잃지 않는 사람. 사소한 말 한마디라도 정성을 들이며, 감사함을 빼먹지 않는 사람. 각자의 삶이 조금씩 달라도 있는 그대로를 어여삐 바라볼 수 있는 사람.

관계란 함께하는 시간의 양이 둘 사이의 농도를 정해주는 것도 아니고, 이미 비슷한 점이 많은 사람과 더 오랫동안 관계를 유지하는 것도 아니다. 오히려 내게 없는 점을 가진 사람을 내가 자연스레 따라가고 있다는 느낌이 들 때 더 오랜 기간 동안 깊은 관계를 유지할 수 있다.

부디 닮고 싶은 사람들이 많아질 수 있기를. 관계만큼 나를 성장시키는 매개체는 없을 테니까. 그리고 나도 누군가에게 닮고 싶은 사람이 될 수 있기를. 그렇게 서로가 서로에게 좋은 영향을 주고받으며 살아갈 수 있기를 바란다.

## 관계에서 명심해야 할 것들

1. 나의 말과 행동, 마음이 상대방에게 정확히 전달될 거라는 오만함을 갖지 않을 것.

2. 상대방을 위해 무언가를 해주고 나서부터는 더 이상 생각하거나 기대하지 않을 것.

3. 안다고 다 말하지 않고, 모르는 걸 안다고 말하지 않을 것.

4. 남에게 준 상처는 무조건 돌아온다는 걸 항상 명심할 것.

5. 다른 이들에게 너무 관심을 가지지도, 너무 무관심하지도 말 것.

6. 무엇이든 그러려니 하는 마음가짐을 가질 것.

7. 진심이 때로는 통하지 않는 경우도 있다는 걸 기억할 것.

## 노력의 끝


관계를 위해서 최선을 다해본 사람들은 안다. 내가 아무리 붙잡고 발버둥 치며 노력해 봤자 어차피 떠나갈 사람이 있고, 그렇게 애쓰지 않아도 나와 오래도록 함께할 사람이 있다는 걸. 물질적인 것이든, 마음의 표현이든, 받으면 받는 만큼 돌려주려 하는 사람이 있고, 감사함을 모르고 오히려 그 이상을 요구하는 사람이 있다는 걸. 관계에서 너무 많은 것을 기대해서도, 의지해서도 좋은 건 하나도 없다는 걸.

## 최선의 이별

이별은 언제나 아프다. 말끔히 잊었다고 생각할 때 불쑥 나타나서 나를 괴롭혔으니까. 하지만 그 순간만큼 최선을 다했다면 좋은 추억으로 남기고, 만약 진심이 없었다면 미련 갖지 않는 것이 좋다.

사랑에는 적당히가 없다. 이루 말할 수 없을 정도로 행복한 감정을 남겼거나, 생각나는 것조차 나를 아프게 만들거나 둘 중 하나. 그래도 우리는 경험을 통해 배우는 게 있다. 이별은 결국 각자에게 쓰린 상처만 남기지만, 우리에겐 또다시 사랑이 필요하다는 사실.

행복했던 사람과의 추억을 억지로 지워내려 하지 않아도 괜찮다. 함께했던 그 순간이 따뜻했다면,

그 사람으로 인해 사랑을 알아갔다면 충분히 아파하며, 충분히 그리워하며, 충분히 기억하며, 마지막 차례가 오면 말끔히 잊어버릴 것. 그게 최선의 이별일 테니까.

## 충분한 삶

누군가가 나에게 잊지 못할 추억으로 남았던 것처럼, 나도 누군가에게 평생 기억될 수 있는 사람이 되고 싶다.

지치고 힘들 땐 기대어 쉴 수 있는 존재가 되고, 기쁜 일이 생기면 한 치의 망설임 없이 진심으로 축하해 줄 수 있고, 소소한 행복도 함께 온전히 만끽할 수 있는 그런 사람. 모두에게 좋은 사람으로 남지는 못하더라도 내가 좋아하는 사람, 나를 사랑해 주는 사람들에겐 좋은 사람이 되고 싶다. 그것만으로도 충분히 행복할 것 같아서.

많은 것은 바라지도 않고, 서로의 소중함을 잃지 말고 더욱 애틋해질 수 있을 만큼만. 함께하는 순간만큼은 온전히 행복만을 만들 수 있을 만큼만.
서로가 서로에게 내일을 살아갈 용기가 되어줄 수
있을 만큼만.

# Part 5

# 다시, 봄

## 충분하다고 말하는 시간

_____

_____

## 삶의 시작과 끝

불과 1년 전까지만 해도 우는 모습은 너무 약한 모습 같다며, 부끄러운 모습이라 숨겨야 한다며, 나도 모르게 흘러나오는 울음조차 손으로 막아버렸다. 지금은 울 때가 아닌 것 같다고, 시간이 흐르고 나서 때가 되면 울어도 된다는 생각으로 하루하루를 버티며 살아왔다. 하지만 최근 들어서부터 울음이라는 감정에 솔직해지기 시작했다. 내 눈을 똑바로 바라보고 있는 연인 앞에서도, 침대에 혼자 누워 노래를 들을 때도 흐르는 눈물을 억지로 닦아내려 하지 않았다. 물론 당시에 처한 상황과 환경이 좋지 않아서 울었던 것도 있지만, 가장 큰 이유는 내가 울지 말아야 할 이유를 더 이상 찾지 못했기 때문이다.

사회는 어른이 될수록 우는 모습을 부정적인 행동으로 받아들였고, 나도 그런 사람이었다. 세상을 살아가기 위해선 강해져야 한다는 생각에 약한 모습을 보여주지 않기 위해 감정 자체를 속이며 살아왔다. 하지만 지금까지 봐온 사람들 중 정말 강하다고 느낀 사람들의 특징은 감정을 바로바로 게워낼 줄 안다는 것. 우울함과 절망감 같은 감정들을 쌓아두지 않고 울음을 통해 건강하게 관리하는 사람들이 대부분이더라.

울음은 나와 내 감정에게 충분히 솔직하다는 의미다. 또 울음은 온 마음을 다해 살아내고 있다는 증거가 된다. 그러니 흐르는 울음을 억지로 막지 않았으면 좋겠다. 감정을 참아낸다고 해서 강인한 사람이 되는 것도 아니다. 오히려 더 큰 병을 만들 뿐. 원래 우리의 인생은 울음으로 시작되고, 울음으로 끝나는 거니까.

울어도 된다. 정말 그래도 된다.

## 생각보다 강한 사람

당신은 당신이 생각하는 것보다 강하다.

아무리 힘든 상황이 닥쳐오더라도,
지금까지 견뎌냈을 테니까.

소중한 사람이 떠나는 순간이 오더라도,
시간이 지날수록 차분히 받아들였을 테니까.

후회되는 순간들이 늘어나더라도,
결국 인생에 한 번쯤 겪어봐야 할
경험이라 생각하며 다시 일어났을 테니까.

내일이 두렵거나 지겨워도,
잠자리에 들기 위해 애썼을 테니까.

## 당신의 취향

좋아하는 것들이 많아졌으면 좋겠다.

세상이 다 무너져 내릴 것만 같아도,
그거 하나 때문에 다시 일어날 수 있게.

세상에 누구 하나 내 편이 없다고 생각해도,
좋아하는 것 하나 보고서 다시 웃을 수 있게.

당신은 무엇을 좋아하나요.

# 마음의 기둥

꾸준히 행복한 사람들의 특징은, 마음이 불안하거나 우울할 때 나를 위로해 줄 수 있고 기댈 수 있는 마음의 기둥을 최대한 많이 만들어놓는다는 것이다. 운동과 독서, 취미, 좋아하는 장소, 사랑하는 사람, 가족과 같은 마음의 기둥을.

만약 당신도 마음이 많이 흔들리고 불안한 상태라면, 언제라도 나를 지탱해 줄 수 있는 마음의 기둥을 여러 가지로 만들었으면 한다. 때로는 누군가에게, 특히 내가 사랑하는 것들에게 의지해야 할 필요도 있으니까.

하나보단 둘이, 둘보단 셋이 더 좋을 테니 최대한 의지할 곳을 많이 남겨두기를.

하나가 무너져도 다른 하나가 나를 일으킬 수 있게. 누구도, 그 어떤 일도 나를 쉬이 무너뜨리지 못하게끔.

## 하나뿐인 당신과 우리에게

있잖아, 우리만의 기록을 남기자. 우리가 가장 예뻤던 순간을 기록하자. 너와 내가 웃는 모습을. 사는 게 힘이 든다며 눈물 흘리는 모습을. 그러면서 그땐 그랬지, 하고 이따금 다시 웃을 수 있는 사람이 되자. 이왕이면 사진보단 동영상을 찍자. 그 순간에만 느낄 수 있는 것들을 기록하자. 그날의 풍경과 소리들을 담는 거야. 기분이 울적할 때 그동안 쌓아온 추억들을 느끼면서 지금은 왜 이렇게 됐냐는 장난도 치는 거야. 앞으로는 아마 더 삶이 각박하고 힘들어지겠지. 하지만 그때보다 더 예쁘고 멋지게, 빛나게 살자. 그리고 현재를 또다시 기록하자. 평생을 기억할 수 있는 과거를 기억하며 기록하자.

## 지금 생각나는 사람

이유 없이 미안하다는 말보단 고맙다는 표현을, 멋
진 풍경을 보거나 값비싼 선물을 받아서 좋은 것
보단, 너와 함께여서 좋은 거라는 말을, 좋아한다
는 말 한마디보단 진심이 느껴지는 마음과 행동을
건네는 사람. 생각만 해도 자꾸 웃음이 나오고, 보
고 있어도 계속해서 보고 싶은 사람. 아무리 인간
관계에 지치고 힘들어도, 이 사람과는 내가 감히
오래도록 함께해도 괜찮겠다는 느낌이 드는, 지금
생각나는 그런 사람이 있다.

## 그게 바로 너였던 거야

이제는 아무도 믿을 수 없을 거라 생각했던 순간에 네가 다가온 거야. 더 이상 삶에 희망도, 의욕도 없는 순간에 네가 나를 살려준 거야. 행복이 뭔지 모르던 사람에게 웃는 방법을 알려준 게 너였고, 세상엔 꽤 괜찮은 사람들도 있다는 걸 알려준 게 너였던 거야. 고맙다는 말로는 감히 전부를 표현할 수 없는 사람. 네가 없는 인생은 감히 상상할 수도 없게 만든 그런 사람. 그게 너였던 거야.

좋은 사람이
한 명이라도
있다는 것만으로

우리는
꽤 많은 시간 동안
웃을 수 있었다.

## 사랑을 시작하면

사랑을 시작하면 항상 아쉬운 게 생긴다. 서로가 서로에게 익숙해지면 익숙해질수록 더 그렇다. 그럴 때 가장 필요한 건, 부담스러울 정도로 큰 선물이나 이벤트가 아니라 내가 당신을 많이 좋아한다는 표현이다.

내가 굳이 말하지 않아도 알아줄 거라는 생각이 항상 관계를 망친다. 무엇이든 꾸준한 게 가장 중요하다는 걸 알면서도 어렵다. 익숙해지는 관계에 필요한 건 어쩌면 적절한 긴장이지 않을까. 상대방을 생각하는 마음을 꾸준히 가지며, 알게 모르게 챙겨줄 수 있도록. 사랑한다는 말이 아니어도 괜찮으니, 가지고 있는 마음을 아끼지 말자. 다정한 마음을 함께하고 있는 순간 사이사이에 건네자.

꾸준한 사랑을 하자. 늘 새롭게 시작하는 마음처럼 사랑할 수는 없겠지만, 충분히 사랑하며 사랑받도록 하자.

## 인연의 확률

사랑하는 사람과 시시콜콜한 이야기를 나누다 보면 문득 서로기 만나기 시작하게 된 스토리를 다시금 꺼내어 볼 때가 있습니다. 만남을 시작했던 순간을 되새기며 우리가 그때 그 선택을 하지 않았더라면 죽을 때까지 각자의 존재를 몰랐을 거란 생각에 묘한 느낌이 드는 순간도 많았습니다.

인연은 겹치고 엇갈리기에 특별한 감정을 더욱 증폭시킵니다. 내가 익히 알고 지내던 사람들 사이에서도 서로를 알다가도 모르고, 모르다가도 아는 여러 관계가 생기기도 하니까요.

그런 생각을 이어나갈수록 무릇 인연이라는 게 참 신기하다는 생각을 합니다. 서로의 존재 자체도 모르던 사람들이 어떻게 만나서 사랑을 나누고 일상을 공유하며, 또 순식간에 헤어짐을 반복하는 걸까요. 어떻게 한 사람이 수많은 연결고리 속에서 각자의 역할을 다하며 살아갈 수 있는 걸까요. 아무리 생각해도 한 문장으로 정의를 내릴 수는 없겠지만, 인연이란 단어엔 쉽게 설명할 수 없는 무언가가 존재하긴 한다는 것. 비록 맺고 끊음의 연속으로 이루어져 있겠지만, 서로가 서로에게 얽히고설키며 살아간다는 게 쉬운 현상은 아닐지도 모르니까요.

그러니 우리가 지금의 인연, 앞으로의 인연을 모두 소중히 여겼으면 합니다. 모든 인연엔 이유가 있었을 테니까요. 서로가 자연스럽게 만나기 시작하며, 그렇게 오랜 기간 관계를 유지한다는 게 얼마나 희박한 확률인 건지를 잊지 말기로 하자는 말입니다.

## 언어의 차이

사람들을 만날 때마다 난 '왜 그렇게 소심하냐', '왜 그렇게 말이 없냐'는 말을 들을 때가 많았다. 시간이 지날수록 내가 정말 바꿔야만 하는 성격인 걸로 받아들였다. 내성적인 사람이면 안 된다는 사람들의 말을 누구보다 많이 들어오면서 생긴 강박 같은 것이었다. 그 이후로 노력을 하지 않은 건 아니지만 결국 내 성격은 타인의 의도대로는 바뀌지 않았고, 잠시 동안 바뀌었다 하더라도 곧장 똑같은 성격으로 돌아와 버리기 일쑤였다. 그러면서 시간이 지날수록 점점 내 어깨는 더욱 움츠러들었고, 사람들을 만나는 것이 두려워지기 시작했다.

말은 이처럼 영향력이 상상 이상으로 커서 한 사람에게 평생 기억될 정도의 영향을 주기도 하며,

심지어는 일상생활이 불편해지는 수준으로 무너뜨리기도 한다. 그렇기에 상대방을 하염없이 배려하고 이해하며 살아갈 수는 없겠지만, 지금까지 내가 해온 말에 대해 생각해 볼 필요가 있다.

내가 누군가의 삶을 억지로 바꾸거나 가두지는 않았는지. 나조차 듣기 싫어하는 말을 남에게 하지는 않았는지. 본인은 기억하지 못할지언정, 누군가에겐 깊은 트라우마로 남기도 하니까. 타인을 존중하지 않는 한마디 때문에 새로운 사람을 만나기가 어려워지는 사람도 있을 테니까.

## 상처받은 마음은 되돌릴 수 없다


상처받은 몸은 되돌릴 수 있어도,
상처받은 마음은 쉽게 되돌릴 수 없다.


아무리 억지로 지워보려 해도
끈질기게 남아있는 것이 상처이자 기억이다.


그러니 타인을 대할 때는,
내 말과 행동이 어떻게 받아들여질까
생각부터 하고 행동하기를.


여전히 이 세상에는 상처받은 기억 하나로
평생을 살아가는 사람이 있다는 걸 기억하기를.


내가 하는 모든 말과 행동은

꼭 다시 돌아온다는 사실을
가슴속에 품고 살아가기를.

## 잘 살고 있다는 증거

한때는 누구보다 쉬운 인생을 원했다. 최소한의 노력으로 최대한의 결과를 만들어내기 위해 노력했고, 어떻게 해서든 쉬운 길을 택하려 했다. 내가 가진 능력보단 남의 힘을 빌리려 했고, 모르는 것이 있으면 직접 해보려는 노력은 하지 않고, 부탁하는 것이 일상이 되기도 했다. 하지만 꽤 행복하게 살아가고 있거나, 나름대로 성공했다고 말할 수 있는 사람들은 결국 모두 최소한의 노력이 아닌 최선의 노력을 했다는 것. 노력은 무슨 일을 하든지 기본이 되는 것이라, 절대 빠질 수 없다는 것이었다.

쉬운 것은 정말 쉬운 이유가 있는 거라는 걸 다시금 느낀다. 세상에 존재하는 나쁜 길은 비교적 쉽다. 상처와 고통을 차분히 견뎌내기보단 술과 담배에 의존하는 것이 더 쉽고, 높은 성적을 받기 위해 꾸준히 공부하는 것보단 친구들과 생각이나 계획 없이 놀러 다니는 게 더 쉽고, 누군가를 진심으로 축하하기보단 질투하는 것이 더 쉽다.

만약 지금 당장 버텨내기 힘들고, 계속해서 좌절되는 일들이 반복되고 있다면, 그거야말로 정말 잘 살아내고 있다는 증거라고 생각하기를. 힘들지 않다는 건, 그만큼 노력하고 있지 않다는 거니까. 무언가에 흔들리고 있다는 건, 우리가 그만큼 열심히 살아가고 애쓰고 있다는 거니까.

잘하고 싶다는 마음이 있다는 것만으로도

충분한 삶일 테니까.

# 현명하고 지혜롭게 살아가는 방법

1. 모두에게 좋은 사람이 되려고 노력하지 말 것.

2. 관계를 위해 노력하지 않는 사람은 만나지 말 것.

3. 남들의 생각 없는 말과 표현에 괜히 크게 의미 부여하지 말 것.

4. 주변에 사람을 늘리려고 하기보단, 지금 내 곁을 지켜주고 있는 사람들에게 마음을 더 집중할 것.

5. 남보다 나를 더 챙길 것.

6. 힘이 든다면 힘들다고 말하고, 좋으면 좋다고 말할 것.

7. 순간의 감정이 태도가 되지 말 것. 혼자만의 시간을 충분히 즐기려고 노력할 것.

8. 몸과 마음을 하루라도 빨리 챙길 것.

9. 해야만 하는 것과 하고 싶은 것의 균형을 찾을
   것.

10. 산책을 자주 하며, 세상을 조금 더 멀리 바라
    볼 것.

11. 뭐든지 조급하지 말고 차분히 생각할 것.

## 담백하게

담백하게 살아가고 싶다. 아닌 인연에 너무 미련 갖지 않고, 아직 오지 않은 내일을 미리 걱정하지 말고, 모두에게 좋은 사람이 되려 하지도 않고, 우울하다고 해서 아무나 만나지 않고, 잘하는 것을 부풀려 말하지 않고, 못하는 것이 있다고 해서 주눅 들지 않고 살아가고 싶다.

어차피 일어날 일들은 언제든 일어날 것이고, 떠날 사람은 내가 뭘 하든지 떠나갈 테니까.
너무 기대하지 않고, 너무 무관심하지도 않게. 그냥 그렇게 무던하게 살아가고 싶다.

## 때로는 전부가 되는 것

모든 순간에서 나를 증명해야 할 필요도 없고, 항상 잘해야 할 이유도, 잘할 수 있는 방법도 없다. 시간이 흐르면서 점점 크게 느끼는 건, 삶은 빠른 속도만큼 가고자 하는 방향이 중요하다는 것. 목표를 이루기 위한 방법이나 수단보단 이유가 더 중요하다는 것. 누군가에게 나를 증명하기보단, 내가 나에게 자랑스러운 존재가 되면 그걸로 충분하다는 것. 나의 노력이 때로는 전부가 된다는 것.

5년 뒤, 10년 뒤 목표를 세운다고 해서 그 목표를 이뤄야만 하는 것도 아니며, 그 목표만을 바라보고 살아야 하는 것도 아니며, 무조건 그 목표를 이룰 수 있다는 보장도 없다. 목표를 이룬다고 해서 이전과는 다르게 확실히 행복해질 수 있다는 보장

도 없으며, 당연히 삶이 바뀌는 것도 아니다. 꿈이
있다고 해서 기뻐해야 할 일도 아니며, 떠오르는
꿈이 없다고 해서 슬퍼해야 할 일도 아니다.

## 성숙하게 살아가려면

순간의 감정을 누그러뜨릴 줄 알아야 한다. 생각 없이 말하지 않으며, 나와 다르다고 해서 바꾸려 하지 말아야 한다. 사람마다 좋아하는 게 다르듯, 싫어하는 것도 다르기 때문이다. 편견과 선입견을 경계하자. 외적인 부분만을 보고 사람을 쉬이 판단하지 않으며, 한 번의 만남으로 관계를 쉽게 단정 짓지 말자.

이왕이면 둥글게 살아가는 것이 좋다. 무슨 일이 생기든 조금 더 배려하며, 그저 그러려니 하고 살아가는 것. 근심과 걱정이 휘몰아칠 땐, 결국 시간이 다 해결해 줄 거라는 대담한 마음가짐을 갖는 것. 책임감의 무게를 애써 버틸 줄 아는 것. 그렇게 성숙하게 살아가는 것.

기분은 내 의지대로 바꿀 수 없지만, 기분에 따라
오는 행동은 변화시킬 수 있다.

## 새로움과 익숙함

나를 잠깐 흥미롭고 행복하게 해줄 것들을 찾아다니지 말자.

몸과 마음이 지치거나 우울할수록 잘못된 선택을 하기 마련이니까. 배부를 때보단 배고플 때, 주위에 사람이 많을 때보단 없을 때 더욱 그런 법이니까. 어색하고 불편한 건 절대 편하고 익숙한 것들을 따라잡을 수 없는 법이니까.

오래된 것들을 새로운 것에 혹해서 놓치지 말 것. 원래 새로운 것들은 항상 흥미롭고 재밌게 느껴질 수밖에 없는 거니까. 시간이 지나면 결국 다시 오래되고 익숙한 것들을 찾게 될 테니까.

## 시간이 지날수록 빛나는 사람

시간이 지날수록 대단하다는 생각이 드는 사람은 빠르게 떠오르고 지는 별 같은 사람보난, 엄청나게 빠르거나 화려하지 않아도 묵묵히 각자의 자리를 지키고 있는 사람이다. 무언가를 해냈다면 성과에 도취되지 않고, 자랑하거나 과시하지 않고, 순수했던 본래의 상태를 유지해낼 수 있는 사람. 감히 배우는 걸 멈추지 않고 다가오는 문제들을 풀어내기 위해 방법을 꾸준히 찾아나가는 사람.

시작은 쉽지만 그 마음을 변치 않고 유지하는 것, 비교로 가득한 세상에서 결국 해낼 수 있는 방법이 존재할 거라는 마음을 갖고 살아가는 건 세상에서 가장 어려운 일이니까.

화려하게 빛나지 않아도 아름다운, 자극적이지 않은 수수한 빛을 내며 자리를 지키는 멋진 사람들이 있다.

## 몸과 마음이 보내는 신호

평소라면 지나쳤을지도 모르는 작은 일에도 예민
하게 반응할 때, 자꾸만 지나온 과거를 놀아보게
될 때, 남은커녕 나조차 신경 쓸 겨를이 없다고 느
껴질 때, 끼니를 거르는 순간이 많아지고 몸이 약
해지고 있다는 걸 확실하게 느낄 때, 밖을 나가는
것이 어느새 귀찮아졌거나, 심지어 두려워졌을 때
는 충분한 휴식을 취해야 한다.

몸과 마음이 지나칠 정도로 지쳤다는 뜻이니까.

그만큼 열심히 달려왔다는 증거니까.

당신은 게으른 게 아니니까.

# 내가 가진 행복

1. 부모님이 건강하게 살아계시고, 나를 아끼며 키워주셨다는 것. 그리고 여전히 그들에게 사랑받으며 살고 있다는 것.
2. 대화는 자주 나누진 않지만, 가끔씩 장난칠 수 있고 의지할 수 있는 누나가 있다는 것.
3. 회사에 다니면서 많이는 아니지만 홀로 먹고 살 수 있을 만큼의 돈을 버는 것.
4. 못난 나를 사랑스럽게 바라봐 주는 사람과 내가 사랑하는 사람이 있다는 것.
5. 온전한 건 아니지만, 나름대로 건강한 몸과 마음을 가지고 살아간다는 것.
6. 그날에 떠오르는 생각을 쓰고 올리면 공감해 주는 사람들이 있다는 것.
7. 내가 좋아하는 노래를 들으며, 좋아하는 음식

을 먹을 수 있다는 것.

8. 이 자체만으로도 충분히 행복하다고 생각할 수
   있다는 것.

## 하루하루를 너무 무겁게 살 필요는 없다

지금까지 나는 내 삶을 너무 보채기만 하면서 하루하루를 무겁게 살아온 것 같다. 내가 어디로 가야 할지, 무엇을 해야 할지도 모르면서 오늘을 누구보다 무겁고 심각하게 살아갔다. 그로 인해 얻은 건 앞으로 내 삶에 대한 무게감과 책임감, 그리고 남들과 비교하며 느끼는 열등감뿐이었다. 그래서인지 나는 어딘가로 달려가고 있기는 했지만, 정작 내가 가는 곳이 어딘지도 제대로 모르는 사람이었다. 뭐라도 생산적인 활동을 하지 않으면 불안한 느낌이 들었기에, 가치 있는 삶보단 남들이 가는 곳을 따라가기만 하는 삶을 살 뿐이었다.

꼭 포장된 도로로만 달려야만 하는 삶이어야 할까. 이미 잘 닦인 길을 따라가야만 행복에 다다를 수 있을까. 적어도 내게는 아니었던 것 같다. 항상 효율적인 것만 찾고, 어떻게든 빠른 길로 갈 수 있다면 뭐든지 하는 성향은 나와는 맞지 않았다.

하루하루를 너무 무겁게 살고 싶지 않다. 빠른 속도만 바라보며 악착같이 살아내고 싶지는 않다. 누군가가 나에게 그렇게 살면 안 된다고 말할 때, 나는 내 갈 길을 가는 것이니 너도 너의 길을 가라는 말을 건네는 사람이고 싶다. 그렇게 나만의 목적지에 도달하는 사람이고 싶다.

그리고 예전의 나에게 말해주고 싶다.

지금 가는 속도보다 더 천천히 가도 된다고. 이 정도로 느리게 가도 되나 싶을 정도로 느리게 가도 된다고. 네가 가고 싶은 길이 있다면 그것만으로 충분하다고.

**Q. 책에 어떤 내용을 담으려고 했나요?**

A. 살다 보면 그런 날들이 많습니다. 나름대로 열심히
살아온 것 같은데, 앞을 봐도 뒤를 봐도 아무것도
남지 않았다고 느껴질 때. 누군가는 비슷하게 노력한
나에 비해 빠르게 달려가고, 또 다른 누군가는
상대적인 노력에 비해 잘 되고 있는 모습을 보면서
나는 뭘 하고 있는 건지, 앞으로 어떻게 살아가야 하는
건지 막막할 때.

인간관계에서도 비슷했습니다. 주변 사람을 잃지 않기
위해 최선을 다했지만 마음대로 되는 건 하나도 없고,
시간이 갈수록 덩그러니 혼자만 남겨져 있다는 공허한
느낌으로 가득할 때. 그런 날들이 하나둘씩 쌓이고

쌓여 '이건 정말 아닌 것 같은데', '이제는 포기하고
싶다'라는 생각들로 반복되어 삶에 의문이 들 때가
많았으니까요.

하지만 그럴 때마다 항상 다짐했던 생각들이
있습니다. '조급해지지 말자. 나는 나고 그들은
그들이니까', '무엇이든지 하나에만 파고들면서
연연하지 말자. 내가 나에게 집중하는 삶을
살아간다면 나를 진심으로 대하는 사람들이 모이고,
결국 행복해질 수 있을 테니까.' 그렇게 혼자 내면의
소리를 들으면서 나를 응원하기 시작했습니다.
그러고선 나를 향한 응원이 달린 글을, 오랜
시간 인간관계와 사랑에 대한 생각을 담은 글을
적었습니다.

**Q. 어떤 분들에게 이 책을 추천하고 싶으신가요?**

A. 이 책은 스스로를 돌아봤을 때 결과 하나하나, 사람
하나하나에 지나칠 정도로 연연하고 기대하는 성격을
가진 분들이 읽어주셨으면 좋겠어요. 사실 제가
하루하루를 그렇게 살아가는 사람인지라, 저와 비슷한
누군가를 생각하면서 삶이 지치고 힘들 때, 때로는

위로와 공감이 되고 때로는 희망과 행복이 될 수 있는 글을 적었어요.

만약 지금 당장 삶이 무너져 내릴 것만 같은 느낌이 들 때, 인간관계에 지치고, 사랑도 마음처럼 되는 것들이 하나 없을 때라면, 지금이 아니더라도 앞으로의 인생과 인간관계에 고민이 많아질 때가 문득 생긴다면 이 책이 당신의 해결책이 될 수 있기를. 그리고 또 어떤 날에는 당신에게 위로와 공감이, 행복과 희망이 될 수 있기를 바랍니다.

**Q. 이 책에서 가장 아끼는 문장을 꼽는다면요?**

A. "모든 걸 해내지 않아도, 모두와 잘 어울리지 않아도, 모든 걸 사랑하지 않아도 괜찮다"라는 문장인데요. 우리 모두 항상 '잘' 하려고 하고, '모든' 걸 해내려 하는 마음이 있잖아요. 그런데 그게 어느 순간 나를 가장 심하게 갉아먹는 지름길이라는 생각이 들었어요. 지나치게 잘하지 않아도, 모든 사람에게 좋은 사람이 되지 않아도 괜찮다는 표현을 저도 너무 많이 듣고, 독자님들도 많이 들으셨겠지만 그럼에도 불구하고 가장 잊지 말고 살아야 할 생각들이 아닐까 해서, 제가

가장 아끼는 문장으로 정했습니다.

**Q. 작업하는 과정에서 가장 고민했던 지점은 무엇일까요?**

A. 글을 쓰는 작가님들이라면 누구나 공감하실 수
있겠지만 글을 더 잘 쓰고, 더 잘 읽히게끔 만들기
위해서 공을 들일 때가 가장 고민이 되고 힘도
들었던 순간이었던 것 같아요. 잘하고 싶은 마음은
조금은 내려놓고 쓰자고 혼자 다그칠 때가 많지만
생각처럼 되지 않았습니다. 특히나 처음 책을 내는
사람이니만큼 부담감도 크고, 기대도 커서 더 그랬던
것 같아요.

**Q. 책을 쓰면서 어떤 변화가 있었나요?**

A. 살다 보면 좋은 날보단, 좋지 않은 날들이 더
많습니다. 원하는 대로 이루어지는 날보단 좌절하는
순간들이 더 많습니다. 아마 우리는 앞으로 살아가야
하는 날들이, 어쩌면 살아내야 하는 날들이 더
많기에 두려움은 커질 수밖에 없습니다. 변하지 않는
슬픈 사실이겠지만, 이 글을 적으면서 그리고 삶에
대한 고민을 수도 없이 하면서, 이제는 순간순간

지나치는 인생의 결과에 지나치게 연연하지 않기로
결정했습니다.

일희일비(一喜一悲), 기뻤다가 슬퍼지고 슬펐다가
기뻐지는 상태가 있다는 말처럼. 시절인연(時節因緣),
모든 일과 현상 그리고 관계와 사랑이 '때'와 '결'이
맞아야 이루어질 수 있다는 말이 있는 것처럼.
앞으로는 우리가 이미 지나가버린 것들, 아직
다가오지 않은 것들에 대해 지나치게 신경 쓰지 않고
살아갔으면 합니다. 그리고 남들이 가는 속도를
바라보지 않고 나를 위한 시간을 더 쓰면서, 오히려
방황하더라도 지금의 시간을 더 알차고 행복하게
살아갔으면 합니다. 우리가 지금을 살아가는 이유는
모두 지금의 행복을 위한 것이라고 믿기 때문입니다.

**Q. 이 책으로 작가님을 처음 알게 된 독자에게 해주고 싶은
이야기가 있다면요?**

A. 일단 정말 감사하다는 말씀을 빼놓지 않고 싶어요.
수많은 책들이 쌓인 서점 가운데서 저를 만났다는 게
쉽지 않은 일이라는 걸 잘 아니까, 제 손길이 닿은 책을
봐주셨다는 것만으로 감사합니다. 그리고 앞으로도

우리가 좋은 인연이 되었으면 하는 바람입니다.

**Q. 첫 책을 출간한 소감이 어떠신가요?**

A. 책이 나오는 게 떨리기도 하고, 긴장되기도 하고,
기대되기도 하는 것 같아요. 제가 지금까지
살아오면서 이루어 낸 가장 큰 업적이라고도 할
수 있을 것 같아서 더 큰 부담감이 되기도 하는 것
같아요. 하지만 제가 앞으로 더 책임져야 할 것들이라
생각하면서, 조금씩 이루어나갈 것들을 위해 열심히
달려볼 예정입니다.

**Q. 앞으로의 계획이 있을까요?**

A. 비록 어린 나이지만, 제가 인생을 살아오면서 겪었던
이야기를 나누면서 삶에 대해 방황하고 있는 분들을
위한 강연과 강의도 시작하고 싶고, 제 글을 진심으로
읽어주시는 분들도 직접 만나 뵙고 싶어요. 그리고
여러 가지 시도들을 통해 많이 실패하고 성공하는
삶을 살아가고 싶어요. 하고 싶은 일이 생기면
머뭇거리지 않고 도전해 볼 생각입니다.

**남에게 좋은 사람보다 나에게 좋은 사람**

**초판 1쇄 발행** 2023년 11월 22일
**초판 10쇄 발행** 2024년 12월 12일

**지은이** 조원희(무채색)
**펴낸이** 김상현

**총괄** 유재선  **기획편집** 전수현 김승민 주혜란  **디자인** 이현진
**마케팅** 김예은 송유경 김은주 남소현 성정은 김태환
**경영지원** 이관행 김범희 김준하 안지선

**펴낸곳** (주)필름
**등록번호** 제2019-000002호  **등록일자** 2019년 01월 08일
**주소** 서울시 영등포구 영등포로 150, 생각공장 당산 A1409
**전화** 070-4141-8210  **팩스** 070-7614-8226
**이메일** book@feelmgroup.com

**필름출판사 '우리의 이야기는 영화다'**
우리는 작가의 문체와 색을 온전하게 담아낼 수 있는 방법을 고민하며 책을 펴내고 있습니다.
스쳐가는 일상을 기록하는 당신의 시선 그리고 시선 속 삶의 풍경을 책에 상영하고 싶습니다.

**홈페이지** feelmgroup.com  **인스타그램** instagram.com/feelmbook

ⓒ 조원희, 2023

**ISBN** 979-11-93262-06-1(03810)

- 이 책 내용의 일부 또는 전부를 재사용하려면 반드시 필름출판사의 동의를 얻어야 합니다.
- 책값은 뒤표지에 있습니다. 잘못 만들어진 책은 구입처에서 교환해 드립니다.